BREWERY
LAGER

アンソロジー

餃子

PARCO出版

アンソロジー　餃子　目次

焼き餃子と名画座　神保町

平松洋子

久しぶりに名画座に足を運ぶときは、すこしどきどきする。

掛かっているのがこのかたずっと観たくてようやく念願かなった映画なら、うれしくて高揚するばかりなのだが、いっぽう以前に観たことがある映画の場合は、どうしてもどきどきしてしまう。歳月が経っているほど、いっそう。たしかおもしろかった、好きな映画だったという記憶はあるけれど、いま観てがっかりしたらどうしよう。なあんだ意外につまらなかったなどと落胆すれば、映画にも自分にもけちがついたような複雑な気分に陥ってしまう。そのぐずぐずとした気分の奥には、もちろんほのかな甘さもいっしょに潜んでいるのだが。

どのみち、大学生のころにすっかり味をしめてしまった名画座通いのよろこびはなににも代えがたい。あのちいさな暗闇のくぐもりのなかには、息を潜めるようにしてひそやかな愉楽が棲《す》んでいる。

きょうはすかっと晴れて風薫る五月の昼下がり、うきうきとした気分で神保町のちいさな映画館をめざすことにした。ずっと観たかったのにどこの名画座にもいっこうに掛からず、いや掛かっていたのかもしれないけれどまるで気づかなかった、そんな一本に巡りあう機会がやってきたのだもの。

『小原庄助さん』監督　清水宏　一九四九年新東宝作品

なんだか観るまえから上機嫌になってしまう。朝寝朝酒がだいすきな旧家の地主、ひと呼んで小原庄助さんを描く清水宏の名作と謳われる一編だ。一九三六年の松竹作品、伊豆を舞台にしたロードムービー『有りがたうさん』もだいすきな一編だが、清水ファンなら『小原庄助さん』を観なくては、と待ちつづけていたのだった。

〽小原庄助さん　なんで身上《しんしょう》つぶした
　朝寝朝酒朝湯がだいすきで
　それで身上つぶした

あーもっともだーもっともだ
はじめて聴いたとき、恥ずかしいくらいいっぺんでおぼえた。ぺんぺん草をふり回してあーもっともだーもっともだーと唄いながら、ああうらやましい、おとなになったら朝寝朝酒朝湯ができるのかと思うと、はやくそんなおとなになってみたくてたまらなかった。「身上をつぶす」という意味がよくわからなかったので。
かんがえてみたら、休日でもないのに日の高いうちから名画座に足を運ぶというのも、かなり小原庄助さん的ではある。ひとさまが働いていらっしゃる時間だというのにうきうき名画座を目指して歩いていると、優越感といっしょに後ろめたさが顔をのぞかせる。いえ、このわたしだって土曜や日曜に働くときもあるのですよ。横断歩道で信号待ちをしているとなりのおばさんに言いわけをしたくなる小心ぶりが、われながらいじましい。
おまけに胸にいちもつあるのです。映画を観終わったら、映画館の真向かいの「天鴻餃子房」で生ビールと焼き餃子。へへ。小原庄助さんもまちがいなく絶賛の名案だ。観たばかりの映画のワンシーン、ワンカットを肴《さかな》に冷たい生ビールをぐびぐび、火傷《やけど》しそうな熱い焼きたての餃子をぱくり。ああいてもたってもいられない。「小原庄助さん」「生ビール」「焼き餃子」、三つで頭のなかをいっぱいにしながら地下鉄を乗り継いでいよいよ神保町までたどりついたわけです。

さて、たったいま、その冷えひえの生ビールが目のまえにある。こんがりきつね色のでかい焼き餃子が六個、なかよく身を寄せ合い湯気を立てながら皿のうえに整列している。ついに手に入れた幸福をうっとり眺めまわし、自分を焦らして「うむ」などとおおきくうなずく。早くも生ビールのグラスがびっしり水滴をまとっている光景を視界に捉え、一気に針が振り切れそうになる。

ぐびぐび、ぷはー。

置きかけたグラスから手を放しがたくて、あわててもうひとくち。もういちど、ぷはー。自分のなかの小原庄助さんが目尻を下げて、にこにこ満面の笑みを浮かべる。

喉もとを滑りおりてゆく爽快な流れを受けとめながら、余韻に浸っていた。さすが清水宏、『小原庄助さん』は期待を裏切らなかった。いやそれどころか、これほど懐旧の想いに揺さぶられるとは。ついさっきまで目のまえにあった白黒のスクリーンの情景がつぎつぎに蘇ってくる。

旧家の地主、佐平太はひと呼んで小原庄助さん。朝酒朝湯三昧《ざんまい》ののんびりした暮らしぶりだが、いったん頼みごとをされると断れない性格だ。村人が持ちかけてくる無理難題をいちいちよしわかったと引き受けたり、屋敷のひと部屋をミシン教室に開放したり、村に柔道場を寄付したり、こどもに野球のユニフォームを寄付してやったり、拝み倒されて選挙演説をぶったり、だから村人から慕われて信望は厚い。借金取りがやってくれば「茶を出しておけ」といいながら、中身は酒。のらりくらり、どうにかかわそうとするのだが、あげく破産に追いこまれて家財は競売にかけられてしまう。ついに一切合財を失った小原庄助さんは、こうもり傘一本、トランクひとつ。飄々《ひょうひょう》とした風体で村を去ってゆくのだ。

小原庄助さんを演じる大河内傳次郎がすばらしい。もともと豪胆が持ち味の役者だから、朝酒をかっくらいながらも村人に慕われる様子に説得力がある。なるほどこのひとにならば頼みごとをしたくなるなあ、と納得させられるのだ。だからこそ、ついになにもかも失ってすっからかんの一文なし、残った酒をひとり啜《すす》るすがたの寂寥にはげしく胸を突かれる。妻役の風見章子のけなげさ、かわいらしさにも打たれる。無理無体な注文ばかりつける夫にたてつきもせず、かといってただ従順なだけでもなく、「はいはい」と動いて日常をさばきながら暮らす様子は日本の賢夫人のそれだ。いいなあ、こういう奥さん。大河内傳次郎の万感をこめたひとこと「あれは最高の妻だった」、ぐっときて泣けた。

二個めのでかい餃子を箸でむぎゅっとつまみ上げ、酢醤油をつけて頬張る。皮がむちっと歯に食いこみ、なかからぴゅうっと熱い肉汁。三日月のはんぶんを口のなかに押しこみ、嚙みしめるとあふれ出てくるうまみを一滴残さず舌にからみつかせる。皮のこんがり香ばしいところ、蒸されてもちっとやわらかいところ、ああなんて贅沢《ぜいたく》なんだろう。感に堪えなくなってまた生ビールをぐびり。たまらない。

それにしても、がらんどうの家に押し入った泥棒を土間へ投げ飛ばす大河内傳次郎のみごとな技はすごかった。みずみずしい田畑の風景が広がる昭和の日本はうつくしかった。のんびりつづく土の道、そよと吹き渡る風、水たまり、ぜんぶがなつかしく、そしてせつなかった。

生ビールもまだはんぶん、焼き餃子もあと三個。日射しあふれる午後三時。こころゆくまで「小原庄助さん」に酔いしれる。

スキートポーツ

森まゆみ

小さいときから駿河台下の三省堂書店に入りびたっていた。家のある動坂下からは東京駅北口行きのバスに乗って一本である。そこで、ワークブックだの、定規だの、パズルだの、ステンドグラスの材料だの、いろいろ楽しいオモチャを小遣いで買ったものだった。

そんなふうに、私は本の街、神田神保町に馴染んでいった。大通りの一本裏がすずらん通り。その昔、神保ナニガシなる旗本の屋敷があったところで、靖国通りが震災後に拡幅される前は、すずらん通りの方が表通りだったようである。「三共電機」三代目の川村勇二さん（昭和五年生まれ）は語る。

「うちの祖父が町会長のとき、すずらん通りとつけたようです。すずらんの形の街路灯を設置して。賑やかでしたよ。

私のところは銀座の木村屋と親戚なので、初めはパン屋をやってたんです。分店と称してね。電器屋になっても、いまだに木村屋さんなんて呼ばれてますよ。店にリヤカーがあったから、この辺の子どもたちを乗せて、皇居のお堀まで遊びに行きました。夜までべーゴマやメンコも、往来でもちろんやりましたがね。

そのころは本の関係の店が多かったですよ。三省堂の亀井さん、東京堂は大橋さん、冨山房は坂本さん、みんな昔からの方です」

戦後に嫁いでいらした奥さんが、そばから、

「通る人が品が良くて、風紀がいいですね。新しく開店した人が驚いてましたよ。召し上がってからお財布忘れた、という人でも、必ず翌日には払いに来るって。それから一誠堂さん（古書店）の従業員の礼儀正しいことね。昔風のしつけなのよね」

ガンコに味を守り続けて

その神保町交差点の近くに「スヰートポーヅ」なる餃子屋があって繁昌している。水色の清楚な店構え、間口二間の家の前はいつも行列で、なんとなく入りたくなる。

「あちらも三代目でしょう。満州屋といってました。満州仕込みの饅頭《まんとう》や餃子がうまかった。おじいちゃんの和田忠《ワダチュー》さんはガンコな人でね、最後までクーラー入れなかったでしょう。二代目はおとなしい方でしたが」

と川村さん。

「スヰートポーヅ」は十一時半から三時まで。四時半から再び営業し、夜九時まで息つく暇もない。その短い休み時間をいただいて、話を聞かせてもらった。

「いやぁ、歴史の話は何にも聞いてないんですよ」

と三代目の智さんが困った顔をする。昭和四十二年（一九六七）生まれ。父の実さんが平成三年（一九九一）に亡くなり、二十四歳の若さで店を継ぎ、昔の味を守ってきた。

「祖父の忠は広島の庄原というところの生まれです。この場所で店を始めたのが昭和十年（一九三五）、そのころからのお客様に聞くと、間口、奥行、雰囲気、ちっとも変わらないそうです」

――スヰートって甘いという意味ですか？

「いやいや、中国語で是味多、スィウォートゥと発音するそうで、おいしい味がいっぱい詰まっている包子《パオズ》、饅頭ということです。ただ今では餃子の方が主力商品になってしまいました」

店には焼餃子、水餃子、包子の三品しかない。焼餃子にご飯、漬物、味噌汁がつくと「餃子定食」。これも餃子八個、十二個、十六個とある。

「十二個を召し上がる方が多いですね。ご自分で食べてお土産に持って帰られる方もあります」

ここの餃子の特徴は皮の中に肉のあんを包み込むのでなく、皮でくるっと肉を棒状にくるんである。

「だから肉汁が外に出て、皮にからまり、味にコクがあると言われます」

二代目の書いた、タイプ印刷の餃子の紹介文を見せてくれた。

「広い中国では北と南では食べものが違う。餃子は北部が本場。揚子江以南には元来なかったもので、南方のソバ、北方の餃子と言われるほど、北方の代表的な食物です。餃子は日本のお鮨やお餅に相当し、主食ではなくご馳走の部類に属します」

律義な文章で、二代目の人柄がしのばれた。かの国の北の地方では、冠婚葬祭に餃子をつくる。正月などは大量につくって戸外で凍らせ、正月中、少しずつ茹でる。水餃子に小銭を入れ、それを当てた人には一年間よいことがあるという。餃子自体、中国の古銭、元《げん》

宝《ぽう》をかたどったもの。「餃」という字はなんともむずかしいが、これは食物を混ぜあわせ、「あん」にするという意味らしい。あんには海老、ナマコ、椎茸など高級食材も入れることがあるが、この店では豚肉を用い、ニンニクは入れていない。

「中国ではニンニクの好きな人はニンニクを丸のまま囓《か》じりながら餃子を食べるので、あんには入れません」

とも書いてある。私も冬に北京を旅したとき、町角で茹で餃子をずいぶん食べた。皿一杯で三元（四十五円）ほど。肌がこわばるほどの寒さの町角に、大釜の湯気が立つのは妙にそそられる光景である。もちろん、せいろで蒸した包子や、手打ちの湯麵も、丼に手をそえて温めながら、卓に並んでフーフーいってかっ込む。庶民の味である。

二代目の妹・清水益江さんに話を聞くことができた。

「初代の忠は私の父です。松戸にあった園芸学校を出て、果樹園をやりたいと中国へ渡ったらしいんですが、胸の病気をやって断念。昭和七年（一九三二）から向こうの人に包子や餃子のつくり方を習い、大連の山県通りで『スヰートポーヅ』という餃子屋をやってたそうです。そのころはもう所帯をもって、子どもも何人かいました。

それから帰国して昭和十年（一九三五）に神保町で食堂『満州』を終戦までやってまし

た。まだ餃子が珍しいころで人気があった。お客は中国帰りの方や中国の方が多かったですね」

神田界隈は中国人留学生たちが通った東亜高等予備学校や青年会館があり、中国人向けの下宿も多数あった。そういうことで、ここに店を開いたのかもしれない。

――初代はどんな方でしたか？

「うーん。お金もないのに次から次へと何かをやりたい人でしたね。戦時中は八王子で豚を飼って、餃子屋を続けましたし、戦後に兄と私に神田の店を任せて、数寄屋橋で天麩羅屋や弁当屋をやってました」

店には古い奉加帳《ほうがちょう》があり、「北京日本小学校卒」とか「大連二中同窓会」などとある。向こうの味がなつかしくて来た人だろう。「餃子を喰って体格向上、行け大陸、頑張れ餃子党」などの文字には、「狭い日本に住み飽いた」とうそぶいて大陸へ乗り出していったころの空気が読みとれる。「祝一高合格」「東京商大庭球部」「東京外国語学校」などともあり、一橋や外語があり、学生の町であったころを彷彿とさせる。

包子は椎茸の香り高く、餃子はしっかりした皮に包まれ、たしかに皮に肉汁がついて生姜と玉葱の甘味が感じられた。

柳家小さん師匠、それに連れられて志ん朝、小朝師匠も足を運んだという。

「さぼうる」——学生の連絡所だった喫茶店

帰りがけ、これまた行きつけの喫茶店「さぼうる」へ。ご主人の鈴木文雄さんが近所の目から見た「スヰートポーヅ」を語ってくれた。

「あれだけご繁昌を続けるのは大変なことですよ。味は変わらないし、むしろ味噌汁とご飯は前よりおいしくなりました。日曜は休みなのに彼は来て何かやってる。私も休みですが、表を掃除して打ち水くらいはしますよ。遠くから来たり、絵を描きにくる方もいるし」

こちら「さぼうる」は昭和三十年（一九五五）開業、入口のトーテムポール、茂った樹、内装は杉皮を張り、開店当初からの木のテーブルや椅子、レンガの壁とまさに年代物の店である。

「こういう喫茶店はもう少なくなりましたね。新宿の名曲喫茶『スカラ座』も閉店しましたし。この辺にはうちと『ラドリオ』『ミロンガ』、三崎町の『エリカ』とまだいくつかあります。近所の旦那衆も見えるし。昔は明大のワンダーフォーゲルとか中大の庭球部の連絡所になっていて、合宿の陣中見舞いにもよくいったものです。大学が退《ひ》けて学生さんが少なくなったのは寂しいですね。いまは出版関係の方、編集者や作家の方がよく見えます」

——「さぼうる」って「サボる」から来ているんですか？

「みなさんそうおっしゃいますが、スペイン語で〝味〟って意味なんです。まあ似たようなものですが」

常盤新平さん、逢坂剛さん、谷村新司さんもごひいきだ。そんな話をしている間も鈴木さんの目は店内を絶え間なく見ている。

「本を読む方には明るい席を、打ち合わせの方には資料を広げられる広い席を、と考えてるわけです」

「スヰートポーヅ」と「さぼうる」の店名については大はずれだったが、それぞれ開店七十年と五十年（二〇〇五年当時）、町の歴史を見てきた二つの店は、どっしりと根が生えてゆるがない。

絶品！　黒豚餃子との遭遇。

林家正蔵

手前味噌で恐縮だが、我が家の餃子は旨い。合挽き肉とキャベツ、白菜、にらが入る、ごくごくオーソドックスなスタイルであるが、長年の経験のせいか、焦げ目はカリカリ、市販なれど皮はモチモチ、あんもジュワジュワで、おまけにいくら食べても胃もたれしない。完璧である。

しかしどんなに美味しくても、家庭の餃子である。ならばプロの味で納得できるものをと食べ歩いてみたが、さすがだ、すごいなぁーと感心できる餃子に、あまり出合ったことがない。焼き目がはっきりしなかったり、結んだところがタレをつけた途端にほどけたり、油が悪くて胸焼けしたり、どうしたら翌日の昼過ぎまでニンニクの匂いが消えないのかと首をひねりたくなったり、値段の高さにビックリしたり、一見安くて旨いけれど、記憶に残らなかったり……と数え上げればきりがないほど、外餃子に感心したことがない。そんなぼやきを落語会の打ち上げの席でしていたら、一昨年春（二〇一二年）真打に昇進した春風亭一之輔師匠に「私が落語会をやらしてもらっている神田餃子屋は、旨いですョ」と教えてもらった。確かその店は、グルメ雑誌で見かけたことがあり、一之輔師匠はとてもはっきりした性格なので信頼できる。

それではと、池袋演芸場のトリを務めたあと、打ち上げで先輩や仲間十人ほど、腹ペコの状態でタクシーに分乗し、神田神保町へとかけつけた。件《くだん》の店は路地の奥のほうにあれど、店構えからできる感じがヒシヒシと伝わってきた。旨かった！　いや、バカ旨であった。全員お腹をさすり幸福にひたりながら、おひらきになった。それ以来、この店のファンになった。

餃子に季節はあるのだろうか。中国では正月に食べるといった話も聞いたことがあるが、やはり餃子は春から夏にかけてが一段と美味しい。まずはやっぱり、生ビール。ジュワジュワの熱い旨味を、生ビールでリセット。次の餃子にまた食らいつく。これの繰り返し。ひたすら繰り返し。

そしてこの店のすごいところは、すべてにおいてパーフェクトであること。まずは通し営業である。四時飲み派にはうれしい。次に餃子である。なんといっても真打は「黒豚餃子」六個で六〇〇円。大ぶりである。豚の旨みには負けないような甘みのあるキャベツのシャキシャキとした食感が見事。約六〇グラム。焼き目はパリッ、皮はモチモチ、中はジューシーの三条件がそろっており、噛んだときに思わずホッペが落ちた。あまりの旨さにニヤニヤしっぱなし。何人かで行くのがおすすめで、「元祖野菜餃子」や「海老にら餃子」もいい。

餃子といえばタレである。やっぱり下町の心意気はうれしい。餃子を美味しく食べてもらいたいゆえに、タレ用の小皿は何枚使ってもよいとのこと。ご主人のおすすめで、一つは醤油六、お酢三、ラー油一か、「特製からしにんにく味噌」。このにんにく味噌がべらぼうに旨い。たとえるならば、酢と醤油の穏やかさが一変する。まるでお奉行さまが桜吹雪の刺青を見せつけるような迫力と深みに平伏する。

次のおすすめは、酢に黒コショウだけ。いろいろな店でいろいろなタレで餃子も数えきれぬほど食べてきたが、この食べ方は初めてである。特に黒豚餃子や海老にら餃子がおすすめで、醤油ベースのタレとはひと味もふた味も違う。ノーメイクの湯上がり美人のサッパリ感のようだ。これも皮やあんが旨くなければ成立しない。後は以前、中国人シェフからおそわった、お酢六、ラー油三、醤油一の、私のスタンダードで食べる。こんな楽しい食べ方ができるのは、私の知っている限り、この店だけだ。

そして酒だが、生ビールを二杯いったら、さて何か違うものにしたい。ご主人のおすすめがバーボンソーダ。I・W・ハーパーを炭酸水で割ったものだ。並の店なら酎ハイかお湯割り、オンザロックと焼酎系で攻めるのが常識。ところが「師匠、黒豚餃子には、バーボンソーダがいいんですョ」とご指南してくれる。

早速注文。合う。しかも濃い目がいい。なんでこんなに濃い目なのか尋ねると、「薄いと腹が立ちませんか」と、そのお答えに拍手。「でも師匠、これ三杯飲むと、きますヨ」とのこと。それから何といっても、この店のすごさは餃子以外のメニューが旨いこと。オススメは、「ジャガイモと肉のカレー炒め」。もう文章を書いているだけで胃袋が鳴り始めた。カレー粉、ジャガイモは最強のタッグをくんで肉に絡む。もうやみつきになる。

さっぱりするなら、「ザーサイきゅうり」。浅漬けのきゅうりとザーサイを細切りで和えてある。餃子の相の手には、欠かせない。

〆《しめ》はチャーハンにした。理由は「ジャガイモと肉のカレー炒め」の炒め方がとてもよく、この調理人に焼き飯をつくってもらいたかったからだ。これが大当たり。調理場の山田さん。今度から指名で願うことにする。

大満足で店を出る。炭酸のせいか、ゲップをひとつ。これがいい感じだった。美味しい餃子は、後味もよい。ふらりふらりと御茶ノ水駅に向かった。

まずは、目で楽しんで　天龍(銀座)

山本一力

昭和三十四（一九五九）年四月の、皇太子（今上天皇）ご成婚パレード。その中継で、高知のテレビ放送が始まった。

それ以前は、家庭の娯楽はラジオが一手に担っていた。

ラジオが我が家に来た日のことは、いまでもはっきりと覚えている。市営住宅という名の長屋暮らしに似合う家財道具は、わずかな着替えの入った箪笥、食卓にも机にもなったちゃぶ台ぐらい。

モノがなくても格別に不自由とも思わずに暮らしていた、ある秋の日に……。

「今日からうちにもラジオが来るき」

炊きたてごはんと味噌汁、それに大根のぬか漬けの朝飯の場で、おふくろが顔をほころばせて宣言した。

その前夜、東京から杉を買い付けにきた材木商が、芸者衆に飛び切りの祝儀をはずんだらしい。検番の帳場勤めだった母も、祝儀のお裾分けにあずかった。

三千円という思いがけない大金を手にした母は、もらった刹那、使い道を決めた。

ラジオがあれば、こどもたちが喜ぶ。テレビ放送のなかった時代のラジオは、終日、彩り豊かな番組を放送していた。

望外の祝儀をもらったうえに、その翌日（今日）は検番が休みと決まった。くだんの東京の材木商が、芸者衆を引き連れて桂浜に月見に出ることになったからだ。

「おまさんらあが学校からもんてきたときは、ラジオが来ちゅうき」

その朝のちゃぶ台には生卵が二個、妹とわたしの分が載っていた。いつもは一個を半分ずつ分けた卵が、今朝はまるごと一個だ。

小鉢で溶いた卵に醤油をたっぷり垂らし、熱々ごはんをお代わりして平らげた。

学校から帰ったときには、ラジオがいた。

「五球スーパーという、こじゃんとええラジオやき。夜になったら、大阪の放送も入るにかあらんと、電器屋さんが言いよった」

真空管が五つだから五球スーパーだと母から言われても、なんのことか分からない。説明する母親当人が分かっていないのだ。

が、とにかく最新高性能のラジオだということは、こどもにも分かった。

天井から垂れ下がった電気コードには、真新しい二股ソケットがついていた。電球だけの暮らしでは不要だったが、ラジオが加わったことでもう一つ電源が必要となった。

まだ電源コンセントは、概念そのものが一般家庭にはなかった時代だ。電球と、その他の電源を同時に供給する二股ソケットは、あの時代の画期的な発明品だった。

あまたある番組のなかで、わたしは「演芸もの」が一番のお気に入りだった。

漫才・漫談・落語・講談・浪曲。

これらで構成された演芸番組は、ＮＨＫもしくはラジオ高知のどちらかで、毎晩のように放送されていた。

わたしは演芸のなかでも声帯模写が好きだった。名付け親は知らないが、声帯模写とはネーミングの傑作だと思う。

高知は関西文化圏で、上方《かみがた》漫才や上方落語、そしてお笑い舞台の人気は凄まじかった。

花菱アチャコに浪花千栄子。

南都雄二にミヤコ蝶々。

これらの芸人さんの声やセリフ回しは、こどもでも知っていた。それを巧みに真似る声帯模写に、わたしは夢中だった。

相撲の解説も、声帯模写の大事なジャンルのひとつだった。

「今日の解説は、向こう正面の玉ノ海梅吉さんです」

「いまの一番を、もう一度神風さんにうかがいましょう」

「天竜さんは、いまの取組をどうご覧になりましたか？」

アナウンサーの前振りのあと、それぞれの解説者の特徴を真似して聞かせてくれるのだ。

吉葉山。鏡里。朝潮。栃錦。若乃花。

思いつくままに、ぞろぞろ名横綱の名を挙げることができる。ラジオの時代は、大相撲大人気時代でもあった。

ゆえに相撲解説者の声帯模写は、こどもにも充分に分かった。

もそも声の玉ノ海梅吉、歯切れのいい神風正一。そして毒舌の天竜三郎。

横綱にひいき力士がいたのと同様に、相撲解説者にもひいきがいた。はっきりとモノをいい、滅多に褒《ほ》めない天竜三郎が、わたしは大好きだった。

ときが過ぎて、昭和四十一（一九六六）年十月。わたしはある旅行会社の有楽町営業所に配属された。

所長以下、所員七人の小さな所帯で、所長の目は細部にまで光っていた。

「お客様に接する者は、口臭には気をつけなさい」

これを所長は全所員に言い続けた。当節のように、口臭予防グッズなど皆無の時代だ。

昼飯は、極力においのしないものを食べることが所員に義務づけられていた。

そんな厳しい所長から、あるとき昼飯に誘われた。よほどによろしきことが、所長に起きた日だったのだろう。そうでもなければ、末端ペエペエ社員だったわたしが、昼飯に誘われるわけがないからだ。

「美味い餃子を食べに行こう」

言われたとき、目を見開いて驚いた。

口臭にうるさい所長である。昼飯に餃子などは、タブー中のタブーではないか。

わたしの顔つきを見て、所長は察した。

「いまから行く店の餃子なら、においは心配いらないよ」

言うなり所長は有楽町駅とは反対方向の、銀座二丁目につながる道を歩き出した。外堀通りを渡り、並木通りを過ぎた先の、銀座通り近くで足をとめた。

昼飯どきで、店の前は行列ができていた。

「キミは相撲の天竜を知っているか？」

出し抜けに問われたわたしは、解説者の天竜三郎なら大好きですと答えた。

「ここは天竜がやってる店だ」

待っている間に所長と相撲談義になった。所長も天竜の辛口解説が好きだと分かり、互いの距離感が大きく縮まった。

所長がおごってくれたのは餃子ライス。

二十歳《はたち》前で食い意地の張っていたわたしは、餃子ライスだけではつらいと内心思った。

「大丈夫だ、充分にハラは一杯になる」

察しのいい所長には、胸の内のつぶやきを聞かれていた。

所長の言葉に偽りはなかった。

餃子の皿は長方形ではなく、まん丸だった。しかも大きい。そうでなければ縁からはみ出すほどに、餃子は巨大なのだ。

「酢と醬油とラー油をたっぷり混ぜ合わせて、充分な量のタレを作れよ。そうしないと、食べてる途中でタレが足りなくなる」

所長は手本を示してくれた。かつて見たことがないほどのタレの量だったが、とにかく餃子がでかい。示された通りに、わたしもたっぷりのタレを拵《こしら》えた。

「いただきまあす」

弾んだ声ののち、餃子を割り箸に挟もうとした。真ん中を持とうとすると、大きな餃子は中折れする。

所長は端から三分の一のあたりを巧みに箸でつまんでいた。わたしもそれを真似た。タレの池に泳がせ、酢・醬油・ラー油を餃子の皮にまとわりつかせた。そして上部三分の一あたりを強く挟んで口に運んだ。

皮のもっちりとした感じに、舌が大喜びをした。前歯で嚙むと、皮が割れた。

餡は肉がたっぷりで、肉汁が口にこぼれ出た。その汁とタレの三味がからみ合った。

口を動かすと、さらにもっちり皮の旨味が混ざってきた。

天龍餃子初体験のとき、わたしはまだ十八歳だった。

餃子という食べ物を初めて味わったのは、中学三年の夏だ。新聞配達先のラーメン屋さんで口にしたとき、ニンニクと挽き肉が混ざりあった美味さに驚いた。

以来四年の間に、数限りなく餃子を食べた。それらのどれとも異なる美味さを、天龍の餃子に感じた。

「タレをつけた餃子を、ごはんに一度載せるんだ。そうして食べると、タレと餃子の美味さがごはんにしみてくれる」

所長流儀の食べ方は、以来、わたしの餃子食いの基本作法として定着した。

巨大な餃子が八個で一人前、すべてを平らげたときは、見事に満腹を得ていた。

いまの天龍は、小ぎれいなビルになっている。が、餃子の味も大きさも、いささかも変わってはいない。

案内された卓には、昔ながらに大きな酢と醬油の容器が置かれている。ラー油がたっぷり詰まった器も、まったく同じである。

初めてこの店の餃子を口にしてから、すでに四十二年が過ぎた。

天竜三郎の解説を声帯模写しても、それを言い当てられるひとは、少ないかもしれない。

しかしこの店の餃子をひと口食べれば、天竜という力士（解説者）の、歯に衣《きぬ》を着せない人柄が分かるだろう。

皮はもっちり。なかの餡は、ニンニク抜きにもかかわらず、旨味たっぷり。

つまり旨さが本寸法なのだ。

そうですよね。向こう正面の天竜さん。

ぎょうざ　筆舌に尽し難い大好物の旨さ。

池部良

「良さん、ぎょうざ、さ。食べる？」とK君がアルコール分六十度という中国の蒸留酒、白乾児《パイカル》を深い猪口で五杯ほど、ひっかけ、早くも酩酊、虚ろな目を僕に向けた。

彼は入社して二年目の第四助監督。

第四助監督と言えば、スターである僕との間の身分の差は歴然としている。

僕を呼ぶとすれば、池部さんであり池部先生が妥当な話なのに、彼は無遠慮に、雲の上の僕を「良さん」と言う。気分が悪い。だがどうしたことか、彼とはよく飲みに行く。

「今日は俺がおごるからさ、飲みに行きませんか。その代り薄給の俺が払うんだから、銀座のバーってわけにはいかないからさ。俺の行きつけのとこに行ってくれる？」と言う。

彼に誘われ、ご馳走させられて三十八回目のことと記憶している。

朝鮮戦争も終り頃だったから昭和も二十六年の春ごろだと思う。

彼の尻に付いて行ったら、渋谷の道玄坂を上り、途中を左に入ったところ「玖玖」と太い筆字で書かれた看板を掲げた居酒屋風の小汚い店に入った。「中国、ホルモン料理」と赤い字の紙が赤提灯と一緒に狭い低い軒下に何枚もぶら下っていた。

戸、障子はあるらしいが、開け放れ、一歩踏みこむとカウンターになっていて、先客がずうっと背中を見せていた。

動物の脂、植物の油、漢方薬みたいな香辛料、こんなものの匂いが、ごった混ぜになって広くもない店の中に充満し、出どこを失って僕達客の身体に纏わり付く。

「良さん、ぎょうざ、さ。食べる?」と又聞かれ、彼の真似をしてお猪口の白乾児を、ちびっとなめて、

「ぎょうざ? ぎょうざって何だい?」と言ったら、

「ぎょうざ知らないんですか。良さん、軍隊で中国へ二年だか三年だか、行ってたと聞いたけれど」

「行ってたけれど、そんな、ぎょうざなんて食い物に出会わなかったな。

ま、そいつはさて措いといて、僕が食べさせられている、この串焼きは何の肉だい？」

「何ですか。口に入れて、そいつが分んないの。食ってるものが、何ものか見当もつかないなんて感性と分析能力に欠けているわけで、とてもいい俳優さんとは言えないなあ」と涎を一筋、口の角から垂らして、呂律《ろれつ》の回らない舌で言う。

「又聞きではありますが、中国人は、すごく豚を食べるんだそうです。でも日本人みたいに肉だけ食べるような勿体ないことはしないんだそうです。爪だけ残してみんな食っちまう。合理的ですね。それでも栄養価がある内臓となると、癖がありますからね、うまくても臭いです。そこでスープや垂れに凝るんで。

　例えば、その串焼きの垂れなんか中国の薄味の醤油に甘みをつけるために南方産の棗《なつめ》の実をたっぷりと潰し、更に紹興酒とかいう甘口の酒を入れ、それに漢方薬にも使う薬草、香辛料を、これ又、たっぷりと入れて三、七、二十一日の間、よく煮こんでから、更に三、七、二十一日間、寝かした汁を家伝として、垂れに使うんだそうです。

　良さんは、今、そんな垂れの味と香りを見て取ったということです。

　焼いた豚の内臓とこの垂れのミックスした味香りを自家薬籠中のものに出来れば、良さんは、ものごとをグローバルに捕える大陸的人間としての俳優であると俺は思うんだな。

ミクロの世界に生きるのが得意な日本人としちゃ珍らしく闊達な人物ってわけで、俺、尊敬します」と言う。

尊敬してもらうのは有り難いが、彼の一言一言がひっかかる。気持が悪くなって来たから「俺は酔っぱらいの相手をしに来たんじゃねぇんだ。帰るよ」と立ち上りかけたら、二人の間に、

「Kさん、焼いちまったから出すよ。冷めてから食べないでよ」と野太い声がして大きな皿を摑んだ白い割烹着の腕が出た。

脂ぎった木製のカウンターに、どすんと置かれた皿には薄く伸ばしたメリケン粉の皮に包まれた三日月型の平たい饅頭が焼き跡をつけて三段に積まれてあった。

「良さん、これ、ぎょうざなんだけど、食べる?」とKは同じ台詞で聞く。「食べる?」を、こう何度も聞かされると「出来たら、食べないと言ってくれ」という風に耳に入り、どう返事をしたものかと迷い、不愉快になる。意地でも食ってやろうと決心する。

「食べるよ。食べますよ。食べるけど、包んである中身は何だい。これも臓物かな」と言ったら、

「良さん、中国大陸へ行ってたんでしょ。中身ぐらい判断つかねぇかな」と言う。

「あのな。中国大陸には、いやいやお前達の命を護りに行ったんだ。敵の食い物なんかに、むきになるわけぁないだろう。

ぎょうざだか行水だか知らないが、分らないのが当然だ」

K君は白乾児をくっと呷り、アルコールでだらしなくなった舌を、無理矢理に動かした。

「ぎょうざはね。中国悠久の大地に育った庶民の知恵とも言うべき、食べものであります。材料は、いとも簡単、豚の細切れ、韮《にら》、白菜、葱、ちびっと醤油、胡麻油。これをメリケン粉を練って作った薄い皮で包んで蒸したり、茹でたり、焼いたりするだけが大原則。これ以上、凝った材料を使うと中国北方の悠久の大地に産れた歴史と雰囲気を失うわけです。

良さん、早いとこ食してみて下さい。但し一口に口に入れてよ。一口に頬張ると、悠久の味が口中に広がり、ぎょうざの栄光が味わえるのであります。

では、池部さん、食べてみて下さい」と言う。

突如、良さんから池部さんに変ったので、どういうつもりだと驚いて彼を見据えてやったら、

「実はさ、俺、詳しいことは、よく知らないんだけど。戦争中、中国大陸で、とある戦闘

のとき、あの割烹着を着た人、この店の主人で高川さんて言うんだけど、隊長だった父を部下の下士官だった高川さんが、身体を張って鉄砲の弾丸《たま》を除けてくれたんだって。

戦後、無事に帰って来た父は、高川さんは命の恩人だと、よく涙を浮かべて、僕に言ってたことがあるんです。捜し出してお礼を言いたいと言ってたけど、去年、心臓を悪くして他界しちゃったんです。そしたら、四十九日の日、偶然なんだけど、この店に入ったんです。入ったら、すぐに店の主人らしい人が、あんた、K隊長殿の息子さんじゃないかって言うんです。これが高川さんだったの。

俺さ、それから、父の命の恩人に何かして上げたいと思ったけど、ぺーぺーの助監督じゃ、どうにもならないじゃないですか。

思いついたのが、大の仲よしのスター、池部良さんに、ひと肌脱いでもらって、この玖玖って店、特に高川さんが得意にしてる、ぎょうざを流行《はや》らせて貰いたいと思ったわけ。

良さん。とにかく食べてよ、お願いします。

まずいなんて言わないでよ。ここの勘定は俺がするって宣言したけど、実は高川さんのおごりだからさ」と言う。

僕にぎょうざを食べさせる意図が、どことなく率直でないなと感じてはいたが、玖玖に入る裏にKの他人本願的ではあるが親孝行の心が潜んでいたのが読めなかったのは私としたことがと残念に思った。

長い箸先に三日月型饅頭を挟み、小皿の酢醤油を軽くつけて、がばっと口に放りこむ。うまさの表現は到底、筆舌に尽し難い。

書くのは放棄し、読者の御想像に任せることにする。

ぎょうざなるものに出会ったのはK君の手引によるもので、大変に感謝していると同時に、どうして世の中にこんな旨いものがあったのかと夢見る想いで、ぎょうざを大好物の一つに数えている。

珉珉羊肉館

菊谷匡祐

かつて渋谷には、「恋文横丁」という飲食街があった。駅の方から道玄坂を上がり右に入った界隈にバラック建ての店がひしめき合っていた。その真ん中あたりに「珉珉」があった。当時は名前にまだ「羊肉館」はついていなかったと思う。

ここが、昭和三十年中ごろまで新宿の「石の家」と並ぶ開高健の贔屓の店だった。初めて彼を「珉珉」に連れて行ったのは、文芸評論家の篠田一士《しのだはじめ》さんである。確か、三十三年の終わりごろだった。

篠田さんと言えば、その巨躯ととどまるところを知らない学識が、辺りを払っていた人である。幼いころから柔道に親しみ、大学に進んで上京したときには当然、講道館に通うようになったが、その後に柔道界に君臨した醍醐敏郎《だいごとしろう》氏、吉松義彦《よしまつよしひこ》氏らと技を競っていたというから凄い。そんな篠田一士の巨躯に対するに、そのころは鶴のように痩せていた開高さんが「珉珉」で丁々発止とばかりに食い争った（ように見えた）光景は断然、他を圧した。

三人で餃子をまず十皿ほど注文する。ビールを飲みながら餃子を口に運び、ビールを飲んでは餃子をつまんで食う。どちらも兄弟たりがたく、とは言え痩身の開高さんが柔道のチャンピオンに堂々と伍している様は、天晴れと言うべきだった。つけ加えるまでもないが、餃子の後にはモツ炒めやらレバニラ炒め、それにやわらかい焼きそばなどがつづいた果てにやがてタンメンでシメとなったが、この間、注文した料理はどう少なく見積もっても七、八人前はあった。むろん、わたしが口にしたのは一人前程度にすぎない。

「なあ、どうして餃子はこうも旨いんやろか」

と、開高さんはよく言っていた。

「もともと餃子は、中国の北方の料理よ。向こうでは水餃子が正統らしいが、それを日本人は焼餃子というレパートリーに変えたわけヤ。ラーメンと同じこっちゃ……」

肉や野菜を刻んでコロモに包み、脂を引いた鉄板鍋で焼いただけの安直なものにすぎないのに、餃子は見事、日本人の味覚にマッチした。舶来の料理で日本の国民食となったものにカレーライスにラーメンがあるが、私見によれば、これに焼餃子を加えてもいいのではないか。

「思うにはダ、いろいろ工夫はあるやろが、餃子は白菜の入れ方が決め手やナ。グジュグジュになってもいかん、歯ごたえがあるほど固くてもあかん、ここら辺が店の腕の見せどころちゅうもんやないか……」

何につけ、開高健は博覧強記の人である。料理についても、和食・洋食、それに中国料理に関するさまざまな書物を読んでいる。蘇東坡はこう言うてる、爰枚はああ言うてる――と、語りだせば果てしがないのだ。あの人は舌で食い、頭でも食っていたのだ――とわたしは思っている。

能書きは多いが、目指す皿が運ばれてくると、俄然、開高さんは無言になる。餃子を箸でつまんで口に運び、モツ炒めを食い、焼きそばに手を出し、餃子にもどり、ビールを飲み、また餃子を口に押しこみ、ビールのグラスを口に運び……いま食わなければ食う機会を逸してしまうと言わんばかりに、ひたすらかっこむ。

「フウッ」

と一息つくと、

「さて、タンメンに行くか……」

と来る。

シメはたいていタンメンだった。餃子に使ったタレの皿に残ったやつを、タンメンの丼にすべて入れる。これで、塩味のタンメンに複雑な味つけが加わるのだ。こうして餃子で始まった「珉珉」の席が終わるのだった。

恋文横丁から移った後も、駅近くで「珉珉羊肉館」は健在である。


珉珉羊肉館は、惜しまれつつ2008年に閉店しました（編集部注）。

ギョウザの味

遠藤周作

渋谷の大和田町——つまり渋谷東宝の裏を少し奥にはいったあたりには、飲み屋や食い物屋の小屋が、雑然と並んでいる。

私は一時、好んでここを彷徨したことがある。

この一角に、おそらく読者の中でも御存知のかたがいられるかもしれないが、「珉々」とよぶ中華料理屋がある。

中華料理とかいたが、さて、私はこれをどう説明してよいのかわからない。「珉々」は急造の二階だて木造家屋だが、率直にいえば、真黒で汚い。細い路に面して灰色のノレンがぶらさがり、それを両手であけると、もう客が七、八人、湯気のたった鍋のこちらで、それぞれ何かを食べている。料理人がいためものをする煙、豚の足、大蒜《にんにく》の束が天井からぶらさがって、さながら香港裏町の立食屋を私に思わせる。

大蒜といえば、この「珉々」の向いに羊の肉をジンギスカン風に食わせる小屋があった。私はここで羊の肉を大蒜のおろしと醬油との中にひたして食べ、また大蒜の漬け物と中国の酒とのうまさを味わった。

一方「珉々」もその店の汚さにかかわらず、味は実にうまい。店の客の中にも戦争中、中国に兵隊や軍属として出かけた人がおり、昔をなつかしむようにして、ここの食いもので一杯やっている。

そのためか、店は次第に客が集まって、支店を道玄坂の栄町の下にこしらえたが、支店と本店をくらべると、店構えは支店が立派だし広いけれども、私は昔ながらの本店のほうを愛するのである。味も、この汚い本店が、はるかにうまいように思われる。

ここの主人は満州の大連育ちの人である。引揚げた後、何か仕事をと思い、大連の日本人がよくたべる豚マンジュウ——東京では餃子というあれをこしらえて売った。これが当って小さいながらも「珉々」を渋谷に作ることができたという話だ。

私はここにくると、破れ窓から渋谷の黄昏の空を見つつ、西瓜《すいか》の塩からい種をかじって、自らもまた幼年時代をすごした大連のことを、ぼんやり思いだすことがある。

東京にはフランス料理という看板をかかげた店は多いが、私の知る限り、本当のフランス家庭料理に似たものを食べさせてくれるのは、六本木のRという店しかない。それと同じように私がまだ大連にいた子供のころ、満州人の友だちの家に遊びに行く時——彼等はおおむね自らの母や義母や腹ちがいの兄弟たちと住んでいた——彼の母親がニコニコとして作ってくれた豚マンジュウ——つまりギョウザの味をそのまま、思いださせてくれる店を、東京ではこの「珉々」以外に知らないのである。同じように豚肉や香料や油をつかいながら、どこか中国人の作るギョウザとはちがう。いつもそう思うのである。

私は、その幼年のころの大連のことを時々ふっと考える。

雪のふかぶかと積った夜、凍りついた道の上を馬車が走り、家の中はペチカが赤々と燃えて、私は日本から十日遅れて着く幼年雑誌をそのよこで一生懸命よんだものである。もうずっと昔の話だが……。

亀戸餃子、持ち帰りは10分以内で。

南伸坊

西暦一九七〇年〜八〇年初頭まで、私は亀戸駅より徒歩十八分のところに居住していた。だからどうしたかというと、昔から、有名な「亀戸餃子」を知っていたばかりか、通うようにして食べに行っていたのである。

亀戸餃子は、一皿五ケ入りを二皿からスタートするキマリである。二皿五百円だが、一皿だけというのは許されない。かどうか、まだやったことがないから分からない。

一皿食べれば、必ずもう一皿は食べたくなるので、実際には問題は起らない。二皿目が半分くらいなくなって、特に発言がないと三皿目が、有無を言わさず、強制的に盛られてしまうが、異議を申し立てる者は皆無である。おいしいから。

どんどん食べられるのである。皮がカリッとして香ばしく、アツアツでサッパリしている。そうだ、私はこの餃子をおかずに、いっぺんメシが食ってみたかったんだなァ。と思い出した。亀戸餃子には餃子のほかにメニューはない。ビールや中華酒などの酒類以外は、ライスさえも置いていないのだ。おみやげは、10分以内に嚥下《えんげ》可能な人にしか許されていない。すべては「餃子をおいしく食べる」ためのキマリであって、このキマリは正しい。私はこのキマリに賛成だ。

が、「メシと一緒に食べてみたい」という切望は、それとは別の個人的願望である。「夢」といっていい。遂にその日がやってきたのだ。私は用意の丼メシに餃子をのせ、タレをかけると素早くかき込んだ。時に平成十年四月三日。実に二十八年の歳月が夢のように流れていた。

餃子の命は皮だから、食べ歩いて見つけましたよ、究極のおすすめ店！

渡辺満里奈

餃子に対して一家言あるわけではない。ただ、突然無性に食べたくなるものだったり、最近、私にとって因縁の食べ物であるというだけだ。以前ある番組で台湾に行き、モデルのはなちゃんと餃子対決をした。『海新山《かいしんざん》』のおじさんに指導を受けたにもかかわらず、きちんと学習しなかった私は、ぶざまな餃子を世間にさらし、惨敗を喫した。またある日の友人の誕生日。メニューを餃子に決めた。何度かの実践の後だったし、今度こそ旨い餃子を！　という気迫も十分だったはずだ。それなのに、餃子は何とも形容しがたい代物となり、参加者の白い目を一心に浴び、冷たい汗をしこたま流した。そこで「こうなったら極めたる、餃子！」と奮起。学習したことは、実践第一ということ。しかしその前に「まずはイメトレだ！」と、旨い餃子探し行脚に出ることにした。

まずは店探し。餃子の命は皮にある、と粉モノ好きの私は思う。つやつやのもち肌に〝はむっ〟と噛みつくと、歯に吸いつくような弾力感を感じるもの。その後に粉の甘みが感じられるもの。それにはやっぱり素材が大切。そして、餡《あん》は丁寧に練られ、もちろん手作り、化学調味料ナシのもの。それらの条件を満たす、4軒の店を選び出した。

＊

最初に行ったのは、新宿5丁目の『東順永《とうじゅんえい》』。中国は瀋陽出身のシェフが賄う、こぢんまりとしたお店。餃子だけと誓い店に入ったが、メニューを見ては豆漿《トウショウ》だ、チャーハンだ、とにやつく。結局、水餃子とチャーハン、ビールを一本。ビールで喉を潤し、つやつやの水餃子をひとつ頬張る。……ぐぐっ、う、うまい。ほどよく冷えた口中に、ジュワーッとアツアツの肉汁が広がる。ツルンとした皮の食感。1軒目から感激にむせぶ。2皿頼みたいところを1皿に抑え、チャーハンの皿とともにきれいに片づけた。

2軒目の『大陸』では、隣り合わせた常連さんの協力を得、水・焼・蒸の乱れ食い。3軒目の『三國志大飯店』の様相は、本場中国。さすがに胃袋は疲れを見せたけど、ニラのたっぷり入った水餃子をしっかり平らげ、日本ではあまりお目にかかることのない台湾のデザート、豆花《トウファ》も食べた（かなり旨い！）。

しかし神髄は新宿ではなく、幡ヶ谷にあったのだ。3軒ハシゴした次の日の夜、私はまたしても旨い餃子を求めて『您好《ニーハオ》』に出かけた。白いもち肌はそれだけで食欲をそそる。口に入れると、もちっとした歯ごたえのあとに、旨みが凝縮された肉汁がほとばしる。そのおいしさに言葉をなくした。次いで焼き餃子。ここのは一度ゆでた餃子を焼く。これが驚きの旨さなのだ。パリパリの皮に歯を入れると、むっちりとした弾力感に、これまたジューシーな餡の極上ハーモニー。まさに理想的。パリッ、むちっ、じゅわっ。この食感に打ちのめされ、はぐはぐと平らげた。

はたしてこれがイメトレになっているかは怪しいが、性懲りもなく餃子への製作意欲は増した。やる気満々の私の情熱だけお伝えして、三度目の製作については、語らないでおこうと思う。

ごま入り皮の水餃子　盛華亭（浄土寺）

姜尚美

［盛華亭《せいかてい》］の「水餃子」の皮には「何か」が練り込まれている。一緒に出されるバルサミコ酢のようなたれに付けてひとつ食べてみると、もちもちとした皮の甘みに交じって、その「何か」がぷちぷちはじける。

「あ、ごまです。炒りごまです」

店主の佐々木幸司さんが教えてくれた。ごま？　水餃子になぜごまが。

「香りとこくを出すためなんです。10年ほど前に焼き餃子をメニューに加えたんですが、うち、実は、辣油を置かない主義でして。にんにくや強い香辛料を使わないうちの中華には、辣油《ラーユ》の味はきつすぎるんです。でも、お客さんとしては、焼き餃子に辣油は当たり前。

ほとんどの方が『辣油ちょうだい』と言わはるので、そしたら、辣油なしでもおいしい餃子を作ろやないか！　と親父と一緒に考えて、ごまで香りとこくを足したゴマ餃子を始めたんです」

それがおいしかったので水餃子にも入れました、と佐々木さん。辣油の代わりに、ごまで香りとこくを足す。なんて繊細なセンスだろう。水餃子の皮もすいとんのような重い皮ではないのにほどよい粉食感がある。

「餃子の皮には普通、強力粉を使うことが多いんですが、それやとお腹にどっちりたまってしまうので、うちでは焼き餃子も水餃子も、薄力粉のみで皮を作ってます」

そんな繊細な水餃子に添えられる、バルサミコ酢のような甘酸っぱいたれも面白い。

「よく水餃子のたれとして香酢がそのまま出てきますよね。あれも、うちの水餃子には酸味がきつすぎる。なので、米酢・醤油・砂糖を加えて炊いて、まろやかにしてあるんです」

水餃子ひとつとっても、この調子。[盛華亭]の料理には、聞かないとわからない、でも聞くと「なるほど、それでおいしかったのか」と腑に落ちる、「手間ひま」という名のかくし味が、山とちりばめられている。

例えば、前菜なのに作りおき感がまったくない「春雨の酢の物」。くらげと春雨のコリコリ感、ゆでえびのおいしさが鮮烈な印象だ。聞けば、注文が通ってから春雨やえびなどをゆがき始め、冷水でしめているという。冷菜だけれど、出来たてなのだ。

それから、包丁で叩いたえびミンチを食パンでサンドした揚げ物「海老のパンはさみ揚げ」。衣のパンは、この上なくサクサクなのに、油っぽさはみじんもない。これは「油切れのよいキメの粗い食パン」をわざわざパン屋さんに焼いてもらっている。

そして、味付けした具をごはんと炒める、［盛京亭《せいきんてい》］譲りの「五目やきめし」。コースの最後ならあっさりめ、単品の注文ならしっかりめと、お客さんの食べ合わせによって微妙に味付けの濃淡を調整する。

「杏仁豆腐も、粗く砕いた杏仁の種をひたすらすりこぎですって、ペースト状にしています。ミキサーだと刻み込まれるので、香りが出てくれないんです。20年ほど前からこの方法で作ってるんですが、当時はレアすぎて、杏仁の種が漢方薬屋さんにしか売ってませんでした。処方箋が要ると言われて、咳止めの効能があるということだけ勉強して帰ってきたりして（笑）。でもうちの親父が、やるなら絶対にアーモンドパウダーは使わん、という人なんで」

どうやら佐々木さんの父・三義《みつよし》さんは相当、頑固な人であるらしい。

大文字山のふもとの住宅街にある［盛華亭］は、祇園の［盛京亭］で長くチーフを務めた三義さんが、昭和57年（1982）にオープンした北京料理店。10年前、佐々木さんに代を譲ったが、今も週に1回、店を手伝いにやって来る。店に辣油を置かない主義は、この三義さんの考えだ。

「ぼくが［盛京亭］で学んだ中華は、60年前の京都で手に入る材料で作っていた、三杯酢の合う中華なんです。水餃子にしても、香酢のたれも面白いけど、ぼくは三杯酢で食べる方が、香りがぷーんとして好きですね」

三義さんが、洋ガラシ・酢・醤油を合わせたカラシ酢醤油のことを「三杯酢」と呼ぶのが面白い。料理で一番大事なのも、これらの「調味料を変えないこと」だそうだ。

「今はいろんな調味料が手に入りますからパッと買ってしまいがちです。でも、早めに調味料を固定して、自分のものにしていくことが大事なんです。酢、醤油、油、砂糖、塩があれば十分やと思います。これだけでも自分のものにするのは難しい」

その言葉通り、開店当時から一度も変えていないという、店のおもな調味料を訊いてみた。醤油はキッコーマンとヒガシマル。米酢はミツカン。意外やいずれも日本の家庭でおなじみのメーカー品で、特別なものは何ひとつなかった。調味料に頼るな、調味料のせいにするな。中華らしい食材がなくても、自分の腕次第でおいしい中華は作れる。三義さんの心の声が聞こえてくるようだった。

そんな三義さんが心をくだいてきた料理の数々を、佐々木さんは「うちのグランドメニュー」と呼んで、リスペクトしている。これ見てください、そう言って佐々木さんが「御菜表」と書かれた30年前の店の品書きと、今の品書きを見せてくれた。

「ほとんど変わってないでしょ。このグランドメニューだけは変えたくないんです。実際の北京料理とは違うかもしれないけど、これがぼくにとっての伝統の北京料理やから。京都の人に喜んでもらってきた、京都にしかない北京料理やから」

佐々木さんの代になってからは、春の菜の花や京都・城陽産のたけのこ、夏のはも、冬のかにやかきを使った、季節の新作メニューも精力的に出している。しかしいつも「グランドメニューの合間に食べても浮かない料理か」を自分に確認している。

「幸《こう》ちゃん（佐々木さん）の料理、だいぶおとうさんに似てきたわ」

自分の代のお客さんから、そんな声がちらほら耳に届きます、と三義さん。「変わらない」ことは、「変えない」ことではない。変わらない味は、料理をする人のさまざまな試行錯誤によって、あたかも「変わっていないかのように」見えている。料理はひらめきではなく、そんな石を削るような工夫の積み重ねであることを、この街の人は知っている。

新しい味のかくし味はいつも、古い味。水餃子に練り込まれたごまのように、控えめに、繊細に、香りとこくを添えている。

デトロイト・メタル・餃子

村瀬秀信

大阪に住んでいる友人は「東京は食いモンが高い」とよくボヤく。そんなことチェーン店好きに言われても「へぇ」と生返事しかできないのであるが、彼女は「特に餃子が高い。ありえへんわ、東京」と決まって剥き出しの憎悪を重ねてくる。

東京愛などまるで持ち合わせていない僕ですら、その執拗さにさすがにカチンと来て「いやいや、餃子の王将はどこへ行っても210円だろう」と反論してみるのだが、彼女は「何を言うてんねん。王将は180円や。ありえへんわ、東京」と舌鋒に鋭さを増す。

その時に、はじめて知った。「餃子の王将」は、本場の関西と関東では値段が微妙に違うらしい。

たかだか30円の差と侮ってはいけない。それが、激安の代名詞である「餃子の王将」だからこそ「東京の物価は高い」という心象を抱かせる効果は絶大。くだらねぇと思いつつも、アームストロング船長然とした口調の関西人に「この30円は関西にとって偉大な30円である」なんて嘯《うそぶ》かれると、関東人は「ウムム……」と口をつぐむしか術が無いのである。ああ、恐ろしき哉《かな》、関西食文化。

しかし、本題はそんな小さな話じゃない。以前から疑問に思っていたこと。彼女は何故そんなにとんがるのか。いや、とんがるのは彼女だけじゃあない。何故だか知らないが、筆者の周囲にいる「王将」好きはどうにもとんがった人間だらけなのである。

記憶を辿ってみる。酒と博打で自己破産したおじさん、40歳を過ぎても「当方完全プロ志向。Gt・Ba・Dr募集」な人徳のない音楽家、起業して億万長者を狙うも仕事が詐欺ギリギリなおにいやん、死にぞこないの苦学生、売れない役者や芸人、テレクラ通いの68歳未亡人等々……店舗や地域によって集まる人種に多少の違いはあれど、そこはボトルになみなみと注がれた机上のラー油のように、いつもギラギラした人種の坩堝《るつぼ》だった。いつの世にも安くてボリュームがあり、気を遣わなくていい飲食店とくれば「本名：X」「Blood type：X」「職業：無」「住所：不定」という客は自然と増えるものだが、「王将」は他に類を見ない独特の殺伐とした緊張感がいつも漂っていたのである。

「イーガーコーテル」（餃子一人前）「ソーパイツァイ」（野菜炒め）などジャーマンメタルの歌詞が如き言語が乱れ飛ぶ混沌とした厨房。愛想なく注文を聞きに来るバイトのチャイニーズガール。昼間から奥のテーブル席でビールと餃子だけで何時間も居座るバンドマン。これが暮れの時期とも重なれば「ぎょうざ倶楽部」（会員証提示で毎回5％割引などの特典）の会員資格を得るために、血眼になってポイント稼ぎにくる悪魔的餃子崇拝客が増え、店内は1年で最も殺伐とした雰囲気を増す。

「王将」が持つこの尋常ではないソリッド感は何なのか？　ロック？　いや、違う。一品料理に溢れるパワーコードのように重厚な油、繰り返される餃子とビールのリフ。バスドラのように腹に来る重量感……これは、メタルだ。次から次へと来る客に、ヘドバンが如く「イラサイマセー」と頭を激しく振り乱す店員《メタルヘッド》が叫んでいる。「王将」は「メタル餃子屋」なのだ！、と。

翻ってみればはじめて訪れた「王将」も、友達のメタルバンドを見に下北沢のライブハウスへ行った帰りだった。My First OHSHO。これがウタダなら最後のキスはニンニクのフレーバーでもしただろうが、その空間で目の当たりにしたものは、店の大半を占めるバンドマンたちの姿。赤・緑・黒とドリフターズ伝説の雷コント風に髪を染めた彼らの「ファックファック」という声（多分誇大された記憶）を背にしながら食べた餃子の味。さらに、あの「コップ」である。居酒屋や食堂でお馴染みの青文字で「ＡＳＡＨＩ」と書かれたグラスと似ているのだが、そこにあるのはまさかの「ＯＨＳＨＯ」の文字。しかも、そのロゴはメタルバンド「ＡＣ／ＤＣ」のオマージュ、いや、もうまんま、瓜二つなのである。わからない。餃子屋が何故「Ｓ」の字を稲妻仕様にデザインする必要性があるのか。3周回って考えてみても、王将にはメタルへの深い敬意にも似た何かしらの思想表示があるとしか思えない。ならばこの機会に長年の疑問を解決すべく、王将メタルマスターもとい、カスタマーセンターに問い合わせてみることにする。今ついに、餃子とメタルの蜜月関係が白日の下に！

——すみません。「王将」と「メタル」の関係性について知りたいのですが。

王将「……まったく関係ありません」

——ロゴの稲妻はＡＣ／ＤＣですね？

王将「ですから全然、関係ありません。ロゴの稲妻は社名変更時に〃上に行けるように〃とデザインしたものです」

――……ありがとうございました。

王将「いえいえ。どういたしまして」

……無念だが、関連性を決定づける証言は得られなかった。しかし、その安さ、ウマさ、ボリュームの多さに、稲妻が如き衝撃を受けた「王将」という名のメタル。この先どんなにメジャーになろうとも、今の音楽性を貫いてほしいと願っている。

【後日談】これを書いたのが2008年だったが、この直後に「餃子の王将」は「餃子の王将芸人」などテレビ番組の影響もあって大ブレイクを果たし、その後暫くは店の前に長蛇の行列、全国で餃子1日130万個も出て、挙句社長が暗殺されるなんてわけのわからない事態に陥った。メタルの本質を理解しようとしない素人の一見に押し出される形となった元の「王将」へヴィユーザーたちは「メジャーに魂を売った」と憤り「王将」を去ると、餃子界のデスメタル「ぎょうざの満州」へと宗旨替えしたという。それが証に近頃のライブハウスでは「ウマい〜安い〜元気で〜3割ウ〜マ〜い!」という満州社歌が頻繁に聞えてくるとかこないとか。

ああ東京は食い倒れ

古川緑波

戦争に負けてから、もう十年になる。戦前と戦後を比較してみると、世相色々と変化の跡があるが、食いものについて考えてみても、随分変った。

ちょいと気がつかないようなことで、よく見ると変っているのが、色々ある。

先ず、戦後はじめて、東京に出来た店に、ギョーザ屋がある。

以下、話は、東京中心であるから、そのつもりで、きいていただきたい。

ギョーザ屋とは、餃子（正しくは、鍋貼餃子）を食わせる店。むろん、これも支那料理（敗戦後、中華料理と言わなくちゃいけないと言われて来たが、もういいんだろうな、支那料理って言っても）の一種だから、戦前にだって、神戸の本場支那料理屋でも食わせていたし、また、赤坂の、もみぢでは、焼売《シューマイ》と言うと、これを食わせていたものである。もっとも、もみぢのは、蒸餃子であったが。しかし、それを、すなわち、ギョーザを看板の、安直な支那料理屋ってものは、戦後はじめて東京に店を開いたのだと思う。

僕の知っている範囲では、渋谷の有楽という、バラック建の小さな店が、一番早い。餃子の他に豚の爪だの、ニンニク沢山の煮物などが出て、支那の酒を出す。

この有楽につづいて、同じ渋谷に、ミンミン（字を忘れた）という店が出来、新宿辺にも、同じような店が続々と出来た。

新宿では、石の家という店へ行ったことがある。餃子の他に、炒麵や、野菜の油炒め、その他何でも、油っ濃く炒めたものが出る。客の方でも、ニンニクや、油っ濃いのが好きらしく、

「うんと、ギドギドなのをくれ」

と註文している。

ギドギドとは、如何にも、油っ濃い感じが出る言葉ではないか。これらの餃子屋は、皆、安直で、ギドギドなのを食わせるので、流行《はや》っている。

もともと、支那料理だから、東京にも昔からあったものであるが、これは、高級支那料

理とは違うし、また、いわゆるラーメン看板の支那そば屋とも違って、餃子を売りものの、デモクラティックな店なのである。

餃子屋につづくものは、お好み焼。

これとても、戦前からあったものに違いないが、その数は、戦前の何倍に及んでいるか。とにかく、やたらに、お好み焼屋は殖えた。腹にもたれるから、僕はあんまり愛用はしないが、冬は、何しろ火が近くにあるから、暖かくていい。

お好み焼屋のメニュウは、まことに子供っぽく、幼稚だ。そして、お好み焼そのものも、いい大人の食うものとは思えない。が、これが結構流行るのは、お値段の安直なことによる。

そうは言っても、お好み焼にも、ピンからキリまであって、同じ鉄板を用いても、海老や肉を主とした、高級なのもある。むろん、そうなると、安くはない。

お好み焼は、何と言っても、材料の、メリケン粉のいいところが、美味いし、腹にも、もたれないから、粉のいいところを選ぶべきである。

それと、今度は、アメリカ式料理の多くなったことだ。

衛生第一、しかし味は、まことに貧弱な、アメリカ式の料理（料理という名も附けたくない）が、到る所で幅を利かしている。ハンバーガーと称する、ハンバーグ・サンドウイッチや、チーズバーガーなんていうものが、スナック・バアでは、どんどん売れている。

ハウザー式という健康食も、味は、全くどうでもいいらしい。ミキサーが、やたらに方々で、音を立てているが、これとても、果物の味は、ミキサーの廻転と共に、ふっ飛んでしまっている。

その他、カン詰の国アメリカの、そのカン詰料理の、はかない味は、常に、僕をして、薄い味噌汁を味わうような、情なさを感ぜしめる。そのくせ、尾張町の近くにあった、不二アイスのような、純アメリカ式ランチ屋は無くなってしまった。不二アイスの、スチュウド・コーンや、パムプキン・パイは、今でも時々は食いたいと思うことがある。

不二アイスばかりじゃなく、アスターだの、オリムピックのような、ランチ屋も、今は無くなった。星製薬のキャフェテリアなども、代表的な、アメリカン・ランチ屋だったが。そして、それらの昔の店の方が、今のアメリカ料理よりは、遥かに美味かったのは、どういうものであろうか。

さてしかし、戦後、食いもの屋の中で、一番数が多くなったのは——いいえ、食いもの屋全体の数が、戦前の一体、何倍になっているか——やっぱり、支那料理屋であろう。それに続いて可笑しいことには、主食の販売が、うるさくなるにつれて、ゴハン物の店が、ぐっと多くなっていることだ。すし屋が、そうだ。釜めし屋、お茶漬屋だって、たとえば、戦前の銀座には、あすこはここととと、数えるくらいしか無かったのが、今の銀座は、横丁へ入る毎《ごと》にそういうゴハン物の店があるようになった。

やきとり屋も、やたらに多くなった。これについてはまた後に詳説するつもりであるが、銀座ばかりではなく、東京の盛り場には、やきとり屋は、これも戦前の何倍かになっているであろう。

もう一つ。それは各国料理屋が、色々と店を拡げたこと。戦前から、少し宛《ずつ》はあったが、今のようにロシア料理、ドイツ料理、イタリー料理、などの店が、各々東京都内だけでも数軒、あるものは数十軒もあるというようなことは無かった。朝鮮料理、台湾料理の店もある。各国料理の店、そして、成吉思汗鍋から、ミルクワンタンというような変り種、さてはホルモン料理のゲテもの屋の数々。

かと思うと、戦前からの古い、有名な店々——ぼうずしやも、ももんぢや、豆腐料理の笹の雪、あい鴨のとり安、等々も、昔の通り流行っている。近くは、揚げ出しも復活したとかきいた。

かくて、今や、あぁ東京は食い倒れである。

ああ餃子

藤原正彦

餃子こそ古今東西の料理中、最高と思う。

初めて食べたのは意外に遅く高校二年になったばかりの頃だった。友人のMと神宮で早慶戦を見ての帰り、渋谷まで歩きそこのガード下にあった汚らしい餃子屋に入った。裂け目だらけのビニール張り丸椅子に腰かけると、Mが「ここは餃子がうまい」と言った。「餃子って何だ」と聞いたら「何だ知らないのか、可哀そうな奴だ」と言われた。Mは醬油のしみたようなカウンターの小さなガラスびんを指さして、「ラー油だ。醬油と酢にこれをたらして、そこに餃子をつけて食うんだ」と言った。金属ぶたのついたびんの下部には唐辛子が沈んでいた。私はラー油を思い切りすくって小皿に入れ醬油と酢をそこにたらした。たらす方とたらされる方を違えただけだが、Mが「辛すぎるぞ、常識のない奴だ」と言った。

横腹からニラの透けて見える小さな焼餃子がカウンターの向うから出てきた。つながって並んでいるものや腹を上に向けて転がっているものがあった。一つを食べた私が「こんなにうまいもの、生れて食ったことない」と言ったらMはなぜか腹をよじって笑った。

これ以降、餃子一本槍となった。独身時は味の素の冷凍餃子をほぼ毎日食べていた。結婚してからは女房が作ってくれる。豚肉とキャベツの他、私の注文通りニラ、ニンニク、生姜、ネギを入れてくれるからうまい。藤原家の強く正しい血を継ぐ三人息子も幼い頃から食べている餃子が大好物である。幼なかった頃は「君達五つパパ八つ」などと差別していたが今は民主的になった。欧米人が夕食に来た時もよく餃子を作る。評判は無論非常によい。欧米にこれほど美味しいものはないからだ。

私は家で食べるばかりか外でもしばしば食べる。学生とのコンパは必らず「王将」である。浜松や宇都宮へ行った時は帰りに駅で御土産餃子を買う。餃子は栄養バランスがよいうえニラやニンニクは精力をつけるから絶倫を夢見る私の必需品だ。それに誰が考案したのか形がよい。こんがり焼けた色もよい。無性に箸でつかみたくなる愛らしさだ。唯一の欠点は魅力的過ぎてすぐに口に入れるため、必らず口内にヤケドを作ることだ。

女房との初デートも餃子だった。フランス料理やイタリア料理でのデートしか経験のなかった女房にとって、餃子屋は新鮮だったようだ。餃子の焼き上がるのを待つ間、私がいつも通り小皿にラー油と酢と醤油をさし、割った割箸を右手に今や遅しと待ち構えていたのにも感銘を受けたらしい。用意万端を怠らない周到さ、食物に対する底深い愛情、なすべき仕事への驚嘆すべき集中力、などを印象づけられたのだろう。カルチャーショックに目が眩んだのかすぐに私の求婚に応じてくれた。「単に行儀が悪いだけだった」と女房が言ったのは結婚して数年たった後だった。

餃子の皮

南條竹則

色々な穀物のうちでも、粒食《つぶしょく》をして美味しいのは米くらいなものであるから、その他の穀物はしぜん粉にひいて、あれこれ工夫して食べることになる。ここに人類の粉食史は始まる。粉のうまみをどうやって、どういう形で味わうかは、民族・文化によって千変万化だ。しかも、粉の美味しさに陶然《うっとり》したいという心は、およそ食の文化が存在するほどの民族には、それぞれ何らかの形であるにちがいない。この願望を仮に〝粉食フェティシズム〟――〝粉フェチ〟――とでも名づけるなら、「Chacun sa chimere《シャカン・サ・シメール》（各人にシメールあり）の顰《ひそ》みにならって、「各文化に粉フェチあり」と定式化したくもなろうというもの。

フランス人が早朝焼き立てのパンを愛吃《あいきつ》する。英国やスイスのパンなぞ食えた代物ではない、とのたまう。これ仏人の粉フェチにあらずや？

江戸東京の粋なおにいさんは、そば屋の暖簾をくぐって、「まずお銚子を一本もらおうか」、それから、焼海苔とそば味噌をつまみに菊正の樽酒かなんかで舌をちょいと湿《しめ》したあと、水切りの良いもりそばをツルツルとすすりこめば、ウン、この新そばの香り、それにこのコシ、のどを通っていく時の感触、こたえられないや！……っていうのも、これ粉フェチにあらずや？

しからば中華文明において、粉フェティシズムはいかなる形態をとっているか？

これは天下の大問題で、一朝一夕に論じ尽くせるものにはあらず。関心がおありの向きには、例えば青木正児『華国風味』（岩波文庫）の巻頭「粉食小史」の章など参見せられたいが、筆者の乏しい経験からいうと、中華料理にもっとも際立った粉食の美学は、点心の皮に寄せるひたぶるな愛――すなわち〝皮フェチ〟ではないかと思う。

実は、かねて疑問に感じていたことがある。よく、ラーメンは中華料理店より日本のラーメン専門店の方が美味しいというが、これは明らかにつゆではなく、麺へのこだわりに対する評価であろう（つゆならばやはり一流中華料理店のスープの方がうまかろう）。また、立派な宴席料理の最後に、どうも間の抜けたふにゃらほにゃらな焼きそばが出てくる、といったことは、吾人《ごじん》のしばしば経験するところだ。

なるほど、陸文夫の『美食家』なる小説をひもとけば、そばのゆで方、つゆの加減、味の濃淡、具の多少まで細々と指示して一椀の湯麵を注文する蘇州の食通が出てくる。徐《ツイ》克《ハーク》の映画にはなぜか麵を食べるシーンがよく出てきて、見ているとじつにうまそうであり、じじつ香港の焼きそばのコシのあるものは、麵好きにはこたえられない結構なお味である。だが、少なくとも大陸の中華料理を見るかぎり、麵へのこだわりにいささか欠ける傾向は存する。私はそれがなぜだろうと昔から思っていた。

ところが、昨秋武漢に旅した折のことである。当地で名高い小龍包の名店「四季美《スーチーメイ》」で小龍包だけの昼食会が催された。列席者の中に、ヴィットゲンシュタインの研究家として名高い某教授がおられ、この人がビールを注文したら、「お酒を飲んだのでは小龍包の味がわかりませんよ」と言われた。私たちは酒飲みなのでそれでもビールを頼んだが、出てきた点心を味わってみて、心に感ずるところがあった。

思えば、寿司は熱いお茶で食べるのが一番美味しい(私は酒飲みだけれど)。そばも本当は酔っぱらって食べるものではない(私は酒飲みだけれど)。小龍包も熱いお茶を飲みながら、微妙な味の陰翳《いんえい》を楽しむ、特殊なる食べ物なのだ。寿司、そばといっしょなのだ。そう、私はここに漢民族の粉フェティシズムのあらわれを見つけた！　此方《こなた》では長いものに、彼方《かなた》ではふくろものに粉への愛がそそがれているのだ！

一口に点心の皮といっても、包子《パオズ》と餃子とでは粉の使い方がちがう。すなわち包子の皮にはイースト菌を使う。また、餃子にも、焼き・揚げ・水・蒸しとあるが、粉嗜好のエッセンスがもっとも鮮明にあらわれるのは、蒸し餃子ではないかと思う。

私は蒸し餃子が好きだ。焼き餃子・水餃子にももちろん美味しいものはある。渋谷百軒店にある小さな店の、まろやかな舌ざわりが独特な焼き餃子。神保町「スヰートポーヅ」のパリパリに焼いた皮も悪くない。水餃子では、以前新宿西口のビルの七階にあった「随園」という料理屋のそれも良かったが、現在の東京で、私の行ったことのある店では、何といっても新宿の「鹿鳴春」の、かるく、品が良く、滋味にあふれ、いくらでもつるつると食べられる水餃子は絶品だと思う。

しかしそれはそれとして、蒸し餃子には別種の快楽があり、それは他をもって換えがたい。蟹入り、海老入り、魚翅《ふかひれ》入りなどの透きとおった餃子は、飲茶の店でみなさん御存知の通りだが、私がいう蒸し餃子はあの手のものではない。具にはやはり肉と野菜で作ったあんを入れて、皮には、蒸すとほんのり透きとおってくる浮粉《うきこ》を使ったもの。宴席の半ばで御愛嬌に出てくる、罌粟《けし》や枸杞《くこ》の実などで可愛らしく彩った餃子。十分に熟成させた黒色の陳醋《チャンツー》（黒酢のこと）にちょっとつけ、頬張ると芳ばしい香りが鼻に抜ける。皮はほのかに甘く、しっとりして、歯ごたえがあり、噛むほどに、ああ、なんというといとしい味かと思う。食べてしまうのが嬉しいような、可哀そうのような――それでもまた箸が伸びる……

私はこんな点心を味わう時、中国の粉好き食いしんぼう連に、もりそばの快楽を教えてあげたい誘惑をおぼえる。

餃子はごはんのかわりです！

浜井幸子

餃子といえば、蒸し餃子、焼き餃子、水餃子、スープ餃子などがあるが、中国で単に餃子と言えば、水餃子のことだ。

蒸し餃子は福建省が有名。最近、大都市で「福建蒸餃」の看板があがった食堂が見られるようになったが、まだまだ少数派。焼き餃子は「鍋貼」と呼ばれ、西北部の屋台や夜市で特に人気が高い。西北部以外では、あるところにはあるといった感じで、水餃子には遠く及ばない。スープ餃子に関しては、西安の「酸湯水餃」と西寧の「烩餃《ホイジャオ》」以外は、ほとんど見かけない。

さて、水餃子だ。水餃子は中国北方の主食のひとつ。ぷっくり分厚い皮の餃子をゆでたものがお皿にドーンと出てきて、黒酢や辛椒醤（唐辛子みそ）のタレで食べる。具は白菜と豚肉、セロリと豚肉をはじめ、日本では考えられないズッキーニと卵、シャキシャキ感がクセになるいんげん豆と豚肉、意外とあっさりしたズッキーニと羊肉など、組み合わせは何でもあり。とにかく具の種類が豊富なのだ。

北京では水餃子の本場、東北地方出身の中国人が開いた餃子館が、食堂が並ぶ通りには必ずある。中に入ると、中国人客がこれでもかと山盛りの餃子をばくばく食べている。

まわりの席の餃子があまりに大盛りなので、そんな中で最小単位の3両、150グラムの餃子を注文すると、お店の人にも「たった、それだけ？」みたいな面倒くさそうな顔をされるし、餃子がゆであがっても、私のテーブルの前だけ寂しくて、なんだか肩身が狭くて、正直言って私は餃子館に行くのはあまり好きじゃない。

2007年の7月、久しぶりに北京の餃子館に行ってみた。私が選んだのはトマトと卵入りの水餃子。卵と生のような食感を残して炒めたトマトの酸味がきいていて、夏にぴったりの味だった。

ひとりだったので、餃子以外注文しなかったけれど、餃子館といっても、じゃがいも、ピーマン、なすを一緒に炒めた「地三鮮」や豚肉と幅広の春雨を煮込んだ「猪肉《チューロウ》

炖粉条《トゥンフェンティヤオ》」など、東北っ子が大好きな東北家庭料理が必ずある。餃子館は、東北料理を出す食堂なのだ。

餃子館が四川や上海料理などの食堂と違うのは、白いごはんのかわりが水餃子というところ。私以外のお客は、テーブルいっぱいの炒め物や骨付き豚肉煮込みをおかずに水餃子を食べていた。

それにしても、水餃子をごはんにできるってすごい。いくら私が中国の粉物大好き人間だと言っても、野菜炒めや春雨煮込みを前にすると、無意識にほかほかごはんにのっけて食べたくなる。この程度じゃ、中国人から見たら、粉好きのうちには入らないだろう。

中国の粉ものを主食とする人々は、ほんまの粉好きなのだ。

◎注文の仕方

麺、米粉、餃子、餅などは重さで注文する。1両は50グラム、2両は100グラム。2両の注文は受け付けてくれないところも多く、最近では3両から。これはお椀の大きさで注文するところでは小か中椀にあたり、女性ならこれで充分。

また、屋台はメニューがないところも多いけれど、言葉ができなくても、食べたい料理を指させばOK。単品屋台も多いので、注文したものが間違えられることは少ない。

お金を払うタイミングは店によっていろいろ。先払いのところもあるし、食べた後のところもある。西安より西の都市によくある夜市なら、屋台のそばにはテーブルがたくさん並んでいる。例えば、麺の屋台のそばのテーブルに席をとり、少し離れたところにあるシカバブの出前を持ってきてもらうこともできる。言葉ができなくても「あそこにいるから」と自分のテーブルを指させば、通じる。この場合は出前の品が届いた時にお金を払う。

◎屋台の営業時間

せっかく中国に来ているのだから、朝ごはんはユースホステルやホテルのレストランじゃなくて、屋台や食堂で中国人と一緒に油条と豆漿のこれぞ中国の朝ごはん！　みたいなものを食べてみたくなる人も多いと思う。

朝ごはんを出す屋台や食堂の営業が始まる時間は早い。朝6時に行ったことはないので、あいているという確信はないけれど、7時なら問題なし。そのかわり、朝ごはん屋台は9時を過ぎると、ひきあげるところもあるので要注意。

夕方からはじまる夜市のようなところにある屋台は夏場なら午前0時でも問題なし。冬場はお客が少ないと早めにきりあげることが多い。

市場に併設されている青海省西寧の水井巷のような屋台は市場の営業時間と同じ。早めの晩ごはんの時間ぐらいまでがぎりぎり営業中。

中国イコール餃子イコール西安

ケンタロウ

韓国の次は中国だ。

中国は西安に行ってきた。何をしにって、もちろん餃子を食べにさ。中国と言えば餃子。これしかない。四千年前からそう決まっている。そうして餃子と言えば西安なのである。なぜなら砂漠に囲まれた西安は、地質的理由から米がとれない。そのため、主食を補うべく、粉もの文化が発達発展した結果、中国全土から一目おかれるほどの粉ものの聖地と相成ったというわけなのである。餃子と言えば西安、今やこれはゆるぎない大陸の掟なのだ。ちなみに俺にとって、今回が記念すべき初中国だ。初中国で初西安で初本場餃子。これ以上のセッティングはちょっとないよなあ。初日本、初京都で初ゲイシャガール、ぐらいのもんだろーか。

空港に降り立った時点で、西安は早くも攻撃的とも言えるほどにものすごく埃っぽかった。ずぅーっと口を開けていると口の中がジャリジャリしそうだ。まあ入国早々アホみたいに口を開け続ける必要など何もないのだけれど、とにかく埃っぽい。空気がうっすら黄色がかっているような、そんなかんじだ。

バスに乗って市街地へ向かう間、早くも道の両側の黄色い空気の下は一面の小麦畑となり、いやおうなく餃子気分が盛り上がる、かどうかのところで不覚にもやっぱり寝た。

起きるとまわりはすでに街だった。西安は城壁に囲まれた街で、有名な兵馬俑《へいばよう》などの遺跡を近郊に有する、いわば古都である。日本でいえば奈良といったところか。街並は思っていた以上に近代的だ。しかし、やたらと人が歩いている。中国は政府すら正確な数値が出せないほどの超多人口国というのは世界のジョーシキだけれど、いくらなんでも昼間っからこんなに人が歩いているのはなんでだろう。働き盛りの年頃の男性も、どう見ても仕事中ないし出勤途中、あるいは帰宅途中とは思えぬ表情、服装、態度で、とにかくやたらと歩いている。「みんなお休みなんですか?」と、通訳の方に疑問を投げかけると、「うーん。休みの人もいるけど、そのへんの考え方が日本とはちょっと違うんです」と言われた。

この答えはなんだかうれしかった。政府をはじめ、すごく管理されているイメージが強かったのだけれど、実際は中国の人々はとても大らかからしい。

メインストリートにさしかかってしばらく走るとホテルに到着した。

消毒こそサービスなり、と言わんばかりに、ロビーから各部屋にいたるまで、これでもかというほどの消毒液の匂いに包まれたホテルに荷物を置いて、さっそく餃子を求めて街に出る。

今回は餃子を食べるばかりでなく、習う算段までしてある。韓国が食べるだけだったのに比べると、今回は少おし料理家然とした旅で、コックコートおよび包丁まで持参していた。さすらいの料理人、中国へ飛ぶ。うーむ、かっこよすぎるぜ。

しばらく街を歩いてから、またバスに乗って目的の店に移動。

ふだん教えることはあっても、なかなか料理を習う機会はないし、まして夢の、そう俺は香川高松讃岐うどんに熱烈な思いを馳せるのと同様に、本場中国手打ち皮の水餃子にもかなり前からアツく思いを寄せていたのである。その餃子を、さらに本場も本場の西安で、聞くところによると「特級麵点師」という、資格にヨワい俺のツボをまともに刺激するような権威あるセンセイが教えてくれるなんて、まったく人生は素晴らしいよなあと思っているうちに、バスは大きな店の前で止まった。

厨房では帽子着用というお店の規則に従って、いただいた紙のコック帽をかぶり、いよいよ厨房に潜入した。

厨房といっても餃子などを作る点心部門は、コンクリに囲まれた一二畳ほどのスペースに机を置いて、三人の麺点師がひたすら餃子を包む作業場的なところだった。なので、火や水まわりの設備は一切なく、餃子の具は別の場所で調理したものが、すでにボウル一杯に入っていた。

特二級麺点師の我が師匠は三〇代と思しき女性で、「特級」のイメージからすると、とっても優しく穏やかな印象だった。

今初めて会ったところだけれど、すでにその時点で俺は、「一生ついていきます」と、アツくアツく決心していた。

俺は今まで会社などの組織に属したこともなければ師匠についたこともないので、上司や師匠というものに遥かな憧れを抱いているのだ。さらに資格も必要ない仕事をしているので（ちなみに俺は調理師免許を持ってない）、資格にも憧れている。資格なんかよりも結局はセンスや現場での経験こそが実際には役に立つということはよおく知っているけれど、いやだからこそ憧れているのかもしれない。「アタシ、実はボイラー技師持ってんの。お湯のトラブルの時は言ってね♡」なんて言われたら、それだけで好きになっちゃいそうだ。

とにかく今日一日とはいえ弟子になれる喜びを噛み締めつつ、まずはどんな餃子があるかを見せていただくことにした。

今作っているのは今夜の宴席用の餃子達で、大きく分けると蒸し用の飾り餃子と家庭的な水餃子があるようだ。今や愛弟子である俺は、すべてを一瞬たりとも見逃すまいとして、必要以上に気合いの入った鋭くも謙虚な視線で師匠と姉弟子二人の手元を食い入るように見つめていた。

そうしていよいよ俺の初中国本場餃子の時がやってきた。

＊

師匠と姉弟子二人は、なおも今夜の宴席用の餃子を包んでいる。

蒸し用の飾り餃子は見るからに華麗絢爛なたたずまいで、ちょっと想像したぐらいではどうやって包むのか皆目わからない凝ったものだ。一方、家庭的な水餃子の方は皮に具をのせてキュッと握るようなかんじで、ワンアクションでアッという間に出来上がる、至極単純な包み方だった。俺が目指すは後者の方で、難解な方は話のタネ程度に会得しさえすればいいから気楽なものだ。と思っていた。甘かった。まさかあんなことになろうとは。が、しかし、この時点では後の困難苦難挫折憔悴など知る由もなく、ただただ弟子らしく謙虚かつ清々しく笑っていた。さあ師匠、いつでもどうぞ、教えて下さい。

まずは皮の説明である。師匠は穏やかな笑みをたたえながら、とても丁寧に教えてくれた。単純に言うとこうだ。粉には徐々にお湯を加えていって、ひたすらよく練る。しばらく寝かせてから皮一枚分均等にちぎって粉をまぶして準備完了。

次に麺棒を使って丸くのばしていく。師匠はおもむろに二本の小さな麺棒を出して、話しながら的確な円を次々と作った。そうして俺の前にのばしていないカタマリを一個置くと、「じゃ、やってみなさい」と言った。いよいよ実際に手を使う時がやってきたのだ。そうはいっても俺だって日本では料理家である。水道代、ガス代その他あらゆる公共料金から住民税、消費税、カードの請求まで、すべては料理にまつわる収入でつつがなく納めている。

「はい師匠」と言うが早いか、慣れない麺棒二刀流をものともせずに、一発目から瞬く間にスッとまるい、既製品と見まがうような真円をあっさりと作り出して、店中から拍手喝采が巻き起こった。なんてことはあるわけもなくて、麺棒二本を平行にすることすらままならず、ナゾの造形物を次々作っては師匠に修正してもらうこととなった。現実は厳しい。まあそれでも何回もやっているうちに少おしコツがつかめてきて、最終的に「まる」と言っても許されるようなカタチになってきた。

皮をのばしたら今度は「包み」である。さっき見たとおりタネをのせてキュッと押さえるやり方を、もう一度師匠がゆっくりやって見せてくれた。皮に具をのせて、押し込むようにして平らにならす、ふたつにパタンと折ってから、両方の親指でフチを押さえつつ、手の平で包むようにしてキュッ。で完成。見たまんまである。師匠が普通にやればものの三秒で一個包み終えるような単純さである。なるほどなるほど。手打ちの皮は粘度が高く、水がなくともしっかりとくっつくのだな。のせて、ならして、たたんで、キュッ。こんな簡単な包み方は日本の餃子にはないよなあ。

師匠が作ったまるいまるい皮を手に取ってさっそく挑戦。そうはいっても俺だって日本では料理家である。さっきは二刀流に苦労したけれど、さすがに手は世界共通、できないわけがない。具をのせて、平らにして、キュッ。

……

その瞬間、俺の手の中には、作業場中見回してもどこにも見当たらないカタチのものがあった。

そんなばかな……。何が違うというのだ。のせてならしてキュッ、どこにも落ち度はないはずだ。うーむ。これが四千年か。美大の頃からコソコソと培った手先への自信は、もはや音もたてずに崩れ落ち、さらに四回続けて師匠に見本を見せてもらった。師匠、出来のわるい弟子を持つと大変ですね……、怒ってる?

それでも師匠はあの手この手で様々な角度から教授を試みてくれた。さらには姉弟子達までもが、「こうだよ」「もう少しそこを、そうそう」と、いやそれどころかコーディネーターさんまでもが見かねて「ここをこう……」。それはさながら給食の中の嫌いなものを最後まで食べられず、昼休みまでかかって一人教室で食べているのをクラス中が遊びに行かずに応援するかのような、感動的な光景であったに違いない。まあ、給食はそんなに応援されるとかえってプレッシャーでまったく迷惑な話だろうけれどさ。

感動の涙と小麦粉にまみれて数時間がたった頃、ようやく俺の餃子はカタチになった。

細かいコツや手がどうの、ではなくて、きっと「慣れ」こそが成功の道なのだろう。ひとたび出来るようになってからは、同じカタチに次々包めるようになった。「このまま宴席に出せるよ」のお言葉を聞いた時に、やっとやっと俺の餃子は中国に帰化したのだった。

後で食べた師匠と姉弟子と最下弟子の共同水餃子は、ほんとうにほんとうにすばらしすぎる味だった。モチモチの弾力ある皮の噛み応えは、その後の俺の手打ち皮の餃子のレシピを変えるに至るほどに、感動的においしかった。

たった数時間ではあったけれど、憧れのマイ師匠を持てた上に憧れの本場水餃子を作れて心の底から満足していた。当然誰よりも単純な性格である俺は、師匠との別れ際にまったくあっさり感極まって、泣きそうになった。まあでもちょこっと餃子を教えたぐらいで泣かれても困るだろうから、グッと我慢して爽やかに手を振りつつ、西安の黄色い風の中へと出ていった。さよなら師匠。

日本に帰ってからもその餃子は何度も作っている。そうして作るたびに師匠を思い出している。ああ師匠、東京の空の下で今日も師匠直伝の水餃子は、限りない大陸のようにあくまでも穏やかに笑っています。

餃子の巻

東海林さだお

カマドの坂本が、二十日ほどの中国旅行から帰ってきたので、〝帰朝記念歓迎奉祝餃子大会〟というのを開いた。

タイトルが物々しいわりに、内容が貧相な〝大会〟なのである。

この〝大会〟はサブタイトルもついており、〝坂本訪中記念現地賞味食品再現大会〟といい、カマドの坂本が大陸で食べた食物を、故国日本で再現してみようという趣旨も、この〝大会〟に付随しているわけなのである。

彼は大陸で、数々の美味珍味を賞味してきたのであるが、われわれの技術と知識と財力で再現し得るものは餃子しかなかったのである。

「餃子ってのは、あのカリカリに焦げた皮ね、あのアツアツのカリカリをアフアフなんていいながらパリッと噛みくだくと、なんともいえない香ばしさがあって、そこのところが……」

「大陸では、焼餃子はあまり食べません」

「ア、ソ」

「ほとんど蒸し餃子か水餃子です」

「ま、蒸しでも水《すい》でもいいけど、その噛みくだいたとき口中に拡がるニンニクの香りが、なんともいえず……」

「大陸では、ニンニクは入れません」

「ア、ソ」

どうやら大陸餃子は日本餃子とすこしちがうようだ。

今回はあくまで〝坂本訪中記念大会〟であるので、坂本流大陸風餃子でいくことになった。

「しかし、あの、カリカリのアツアツを、アフアフのバリバリっていうのも賞味したいなあ」

ぼくがあくまで食いさがると、

「じゃ、ついでに焼餃子も作ってみましょう」

「よかった！」

ということになり、日本風も追加してくれることになった。

「まず皮から作ります」

「ハイ」

われわれが「大陸風」を知らないのをいいことに、カマドの坂本が勝手に独走暴走するのを防止するため、今回は「暴走防止委員」として、作家の陳舜臣《ちんしゅんしん》氏のご子息立人氏に来場を願った。

陳家では、大陸風餃子を年中作って賞味しているのである。

「まず強力粉を一キロ、ボウルに入れてお湯で練ります」

「お湯で？」

「そうです。手がつけられる程度の熱いお湯です」

このとき一キロのうちの一カップほどを、とり粉として別にしておかなければならない。

とり粉というのは、練ったうどん粉があちこちにベタベタとくっつかないように振りかける粉のことである。

　われわれはこれを忘れて一キロ全部こねてしまい、あとでとり粉用を買いに行かねばならなかった。

　最初多少ゆるめに練り、あとで粉を足して加減する、というやり方がよいそうだ。

　堅めに練ってあとでお湯を加えると、うまくいかないというからこの点充分気をつけたいところだ。

「そのときにですね」

　と陳氏、

「本当はお湯よりスープ、鶏ガラスープなどを使うと風味がぐっとよくなるんですが」

「ナルホド」

　しかし鶏ガラの用意がなかったのでやむを得ずお湯でやることにする。

　この係りはぼくが受けもった。

　強力粉と薄力粉を混ぜるとか、粉をふるうとかのやり方もあるそうだが、それほど綿密にやる必要はないという。

「餃子なんてね、大ざっぱに作って大ざっぱに食べるものなんです」

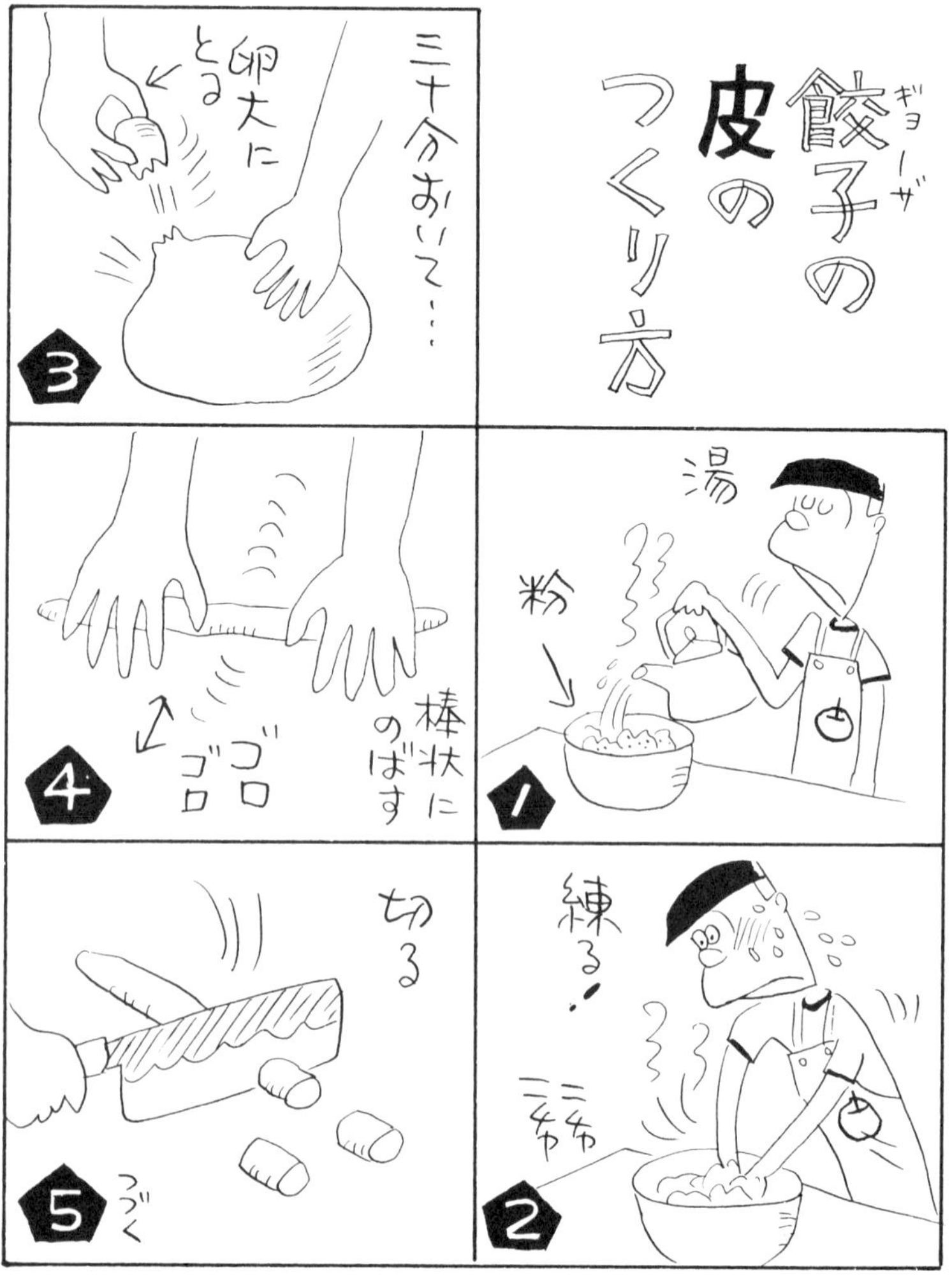
餃子《ギョーザ》の
皮のつくり方
湯
粉
練る!
ニチャ ニチャ
三十分おいて…
卵大にとる
棒状にのばす
ゴロゴロ
切る
つづく

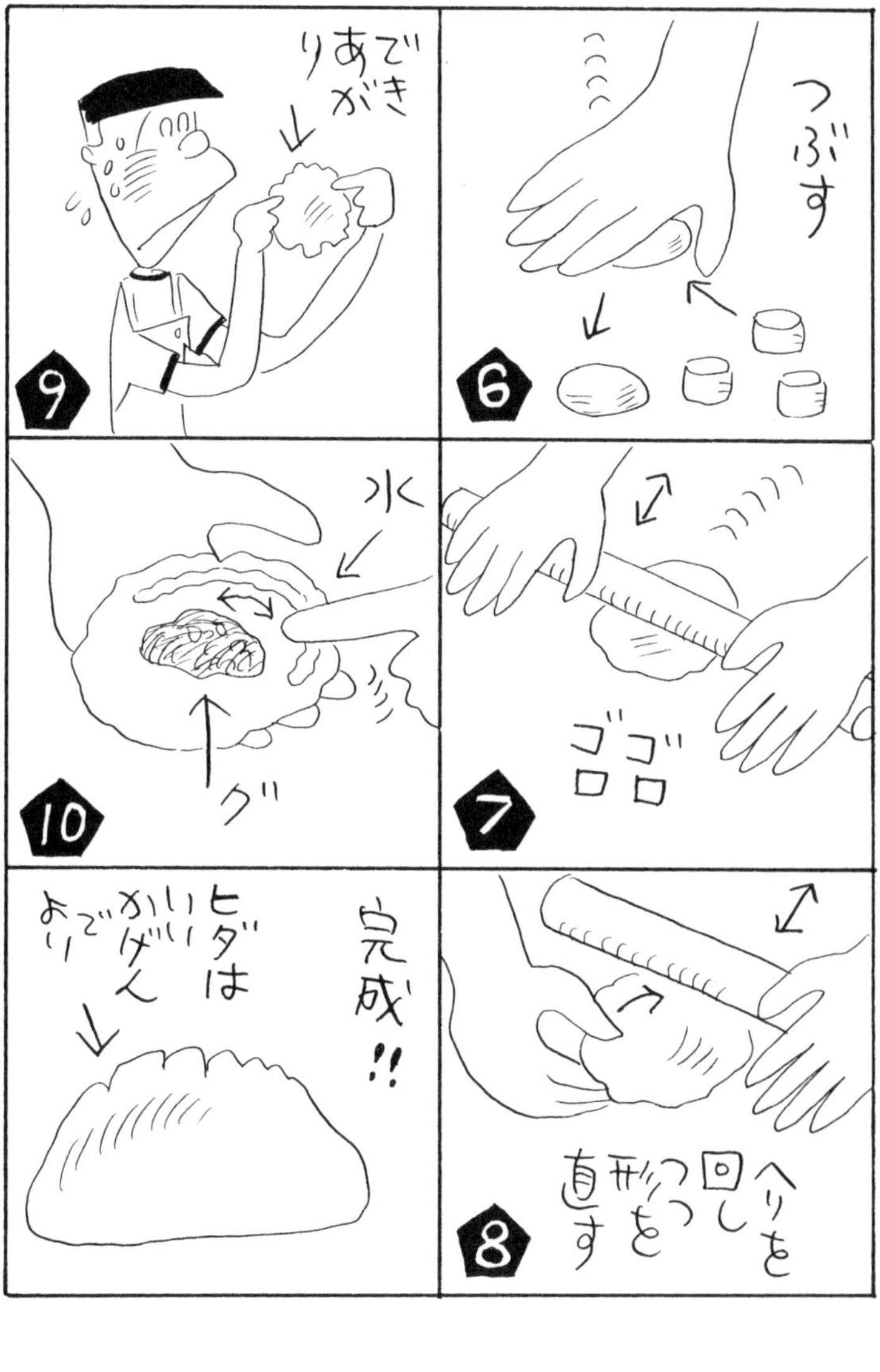

餃子の巻　／　東海林さだお

と陳氏。

ボウルの中の粉にお湯を入れて手でかきまわしてみたものの、フワリフワリとまるで手応えがない。

これがやがていつの日か、ネットリした粘土状のものになるのだろうか、と不安がつのったが、そこはよくしたもので、やがて次第に耳たぶぐらいの堅さになっていく。

「自然の摂理というものを、目のあたりにみた思いです」

と、僕は練りあげた塊を前に感慨を述べる。

「耳たぶほどの堅さに、ということですが、堅めの耳たぶの人の耳たぶほどの堅さですよ」

とカマドの坂本。

「………?」

「つまり、通常の堅さの耳たぶの人の耳たぶよりやや堅めにということです」

「要するに、耳たぶよりやや堅めということでしょ」

「ま、早くいえばそうです」

練りあがった塊に、ぬれぶきんをかぶせて三十分ほどおく。

次はいよいよ中身である。

材料――豚バラ肉一キロ　白菜¾束、ネギ一本　塩小サジ五　ショウユ大サジ十　酒大サジ五　ラード大サジ五　ゴマ油大サジ五　ショウガ汁大サジ三　味の素少々

ニンニクも、ニラも入れないのである。シイタケもなし。

「これが大陸風なのです」

とカマドの坂本。

「ニンニク入れたいなあ」

ぼくはニンニクが大好きなのだ。

「いけません」

「ほんの少しでいいんだけど、内緒ですこうし」

「内緒でもいけません。入れたら責任持ちませんよ」

それからカマドの坂本の監視が厳しくなった。

隙を見てなんとかしてニンニクを投入しようと思うのだがそれができない。

白菜は一枚ずつはがして洗って大ざっぱに切り（ナベに入る程度に）たっぷりの沸騰水でサッと茹でる。

これは「熱湯にくぐらせる程度」でよく、茹ですぎてはいけない。

これをザルにあげ、水気を切って今度は細かく刻む。

かなり徹底的に細かく刻む。

刻んだに水気をよくしぼる。

よくしぼらないと、中身が水っぽくグチャグチャになる。

ネギも細かく刻む。おそばの薬味状のものを更にもっと細かく刻む。

豚のバラ肉一キロをまな板の上にのせ、タテ、ヨコ、ナナメと、めったやたらに包丁でたたいて切る。

われわれはカマドの坂本が買ってきてくれた本場の包丁でたたいたのだが出刃包丁で充分間に合う。

豚バラ肉を挽き肉状にするわけであるが、ふつう売っている挽き肉よりももうちょっと細かいかな、と思うぐらいにたたいて細かくする。

ふつう家で作る場合は、挽き肉を買ってきて使うのだが、挽き肉はどうしても肉のおいしい汁が抜けてしまっているという。

面倒ではあるが、こうしてたたいて細かくしたほうが数倍もおいしいそうだ。

これはどんな挽き肉料理にもいえることで、料理の本なんかに、材料挽き肉とあった場合、肉屋で挽き肉を買ってこないで、塊を買ってきてたたいたほうが、数倍おいしくなるという。

ネギをたたく人、白菜をたたく人、豚肉をたたく人で台所はやたらうるさくなった。

ボウルにこれらの材料を全部入れてニチャニチャと手でかきまわす。

ぼくは料理は好きなほうだが、料理のこういう部分はいつまでたってもあまり好きになれない。気持ちが悪いのである。

それでも我慢してかきまわしていると、だんだんいい匂いがしてきた。

肉とショウユと酒とショウガ汁の入りまじった、そのままでも食べられそうないい匂いがしてきた。

このあたりでちょうど、粉を練りあげた時点から三十分ぐらいになる。

練りあがった塊から、鶏卵大を手でちぎり取る。

この鶏卵大を両手で少しずつ延ばして直径二・五センチほどの棒にする。

この棒を、二センチほどの長さに包丁で切る。

デパートなどで、アメの実演販売をやっているが、ちょうどあんな具合である。

大きな梅干しほどのものをたくさんつくり、これをまず手の平で押しつぶす。しかるのちに、麺棒で平らに延ばして円形の皮をつくるわけである。麺棒がなければ、すりこぎ棒でもいいし、サイダーのビンでもよい。

「まん丸じゃなくてもいいんですよ、だいたい円形になれば」

一所懸命、精魂こめて純正のまん丸作りに専念していたぼくに、陳氏が教えてくれる。まな板及び麺棒に、絶えずとり粉をまぶしつけるようにしないと、手などにやたらに貼りついてくる。

「円形の中心部が厚く、周辺に行くほど薄く」

「ハイ」

とはいうものの、この皮づくりは意外にむずかしく、周辺がきれいにあがらず、九州や四国、はてはオーストラリア大陸ふうのものになったりする。

「こんなに苦労して皮を作って、食べたら市販の皮と同じだったりして」

と、ぼくがグチをいうと、

「そんなことは絶対ありません」

「まるで違うこと、絶対保証します」

陳、坂本両氏が口をそろえていう。

大の男が四人、しばらくはうどん粉の薄片作りに専念する。

最初は、「うまくできた！」とか、「ヒャー、また失敗！」などいいつつ精を出していたが、そのうちみんな無言になる。

ちょうど、小学校の工作の時間の昼下がり、といったような雰囲気になる。

みんなが飽きてきたころ、やっと八十枚ほどの餃子の皮ができあがった。

「これですべての基礎工事が終了したわけです。われわれ一同は、これよりいよいよ餃子本体の構築に取りかかりたいと思います」

大会委員長のカマドの坂本の構築宣言があり、いよいよ中身を皮で包む作業が開始される。

「あのヒダヒダがね。むずかしいんだよね」

「いや、大陸のは、ヒダヒダがほとんどありませんでした」

「すると、たとえば、ガマ口のおさいふみたいでもいいわけ」

「いいわけです」

まずサジでグをすくいとって皮の中心部に安置する。

ぼくはどうしても、グを多めに入れてしまい、包みきれなくなってしまう。

「グは小さめに。餃子は一口で食べる、これが基本です」

今度こそ少なめに、と思っても、またしてもグが大きすぎてしまう。

「なにかその、精神構造の根本的なところに、餃子のグを大きくしてしまうなにかがひそんでいるのではないでしょうか」

陳氏がぼくの精神分析をしてくださる。

氏とか育ちとか、そういったものが関係しているのではないか、とぼくは自分で自分を分析してみる。

皮の真ん中にグをのせ、片側にだけ指で水を塗り（つまり、「ノリシロ」の部分ということになる）、折り、たたんでヒダをつけて閉じる。

いくらなんでもそのままペタンでは餃子らしくない。

「しかしこのヒダヒダは、どういう理由でつけるのでしょうか」

ぼくの素朴な質問に、

「ぼくもいろんな本読んでみましたが、その点に言及した本はなかったです」

とカマドの坂本。

「歴史的、民族的、美学的な大きなナゾが、餃子のヒダヒダにはひそんでいるのではないだろうか」というのが、大方の結論であった。

全部の「包装」が終了したので、まず蒸し餃子からいくことになった。

蒸し器に並べて蒸すだけである。

蒸す時間は約十二、三分。

ツヤツヤとムッチリふくらんだ蒸し餃子ができあがった。

早速、ラー油、酢、ショウユのタレをつくって食べてみる。

「ウン、うまい！　これがまさに大陸風！」

とカマドの坂本。

「やっぱり皮がフカフカしてうまい！　こう嚙んだとき、皮の部分を味わう比率が大きいような気がする」

と、ぼく。

「ですからね、鶏ガラスープを練り入れるともっと風味がでるわけです」

と陳氏。

肉入りの中華まんじゅうに近い味のようだ。

続いて水餃子。

たっぷりの熱湯に、ポチャンポチャンと投入するだけでよい。お湯の中に入れると、まず餃子は底に沈む。それがやがて上に浮き上がってきたら、水を少し入れ、もう一度湯が煮たったときができあがり。お湯に入れてから四、五分というところか。

「このね、ツルリと口の中に入る感じ、これがいいんだよね」

と、坂本。

「ロン中で、ちょうどいい具合にうどん粉の味と、味つけされた肉の味と、酢とラー油とショウユの味が入り混じるようですな」

と、ぼく。

ちょうど、うどんと挽き肉料理をいっしょに口の中に入れたような塩梅《あんばい》である。

水餃子で気をつけなければいけないことは、グを入れて閉じるときしっかり閉じること。こうしないと湯の中ではがれてグが流れ出てしまう。

最後に、ぼくのたっての懇請で作られることになった焼餃子。

フライパンに（中華なべだと底が丸いのでよくない）油大サジ二を入れて熱し、餃子を並べる。隣同士がくっついてかまわない。

最初強火にして焼き色をつけ（約三十秒）、次に熱湯を餃子の高さの1/3ぐらいまで入れ、きっちりとフタをして水がなくなるまで蒸し焼きにする（約六〜七分）。

最初焼き色をつけるとき、こげつかないように鍋をゆり動かすことと、必ず熱湯を使うことと、熱湯の量が多すぎないことがコツのようだ。

「ぼくはやっぱり水餃子のほうがうまいな」

と坂本。

「やっぱりニンニク入れてほしかったなあ」

と、ぼく。

「全体に、グが少し水っぽかった」

と陳氏。

餃子《ギョーザ》は
一口が
正しい!
噛み
きると
まずい

『タモリ倶楽部《クラブ》』餃子新年会

パラダイス山元

本当に張り合ったのかと問われれば、闘志を燃やしまくってしまったのは事実です。

『タモリ倶楽部』第九八五回「餃子・新年会 IN 蔓餃苑（ウ〜、アッ！）」収録日は、あいにくの雨でした。

番組プロデューサーから電話が入ったのは、十日前のこと。

「パラダイスさん、年明け一番の放送なので、タモリさんに美味しい餃子を食べさせて、出演者全員で盛り上がるみたいな企画を、蔓餃苑でお願いしてもいいかしら？」

何度か出演させて頂いている鉄道ネタでもなく、マン盆栽ネタでも、特殊車両ネタでも、五寸釘ネタでもなく、脚立ネタでもない、餃子ネタでお声がかかるとは、至極光栄としか言いようがありません。しかも、ロケ地は、都内の餃子屋やキッチンスタジオとかのアウェーではなく、我がホームの蔓餃苑とは。毎度おなじみ流浪の番組とはいえ、わざわざやって来てくださるとは畏《おそ》れ多過ぎます。

「他の出演者はまだ調整中なので、改めてご連絡いたしますね。四名分の餃子の材料と、あと何か賑やかしのマンボの演奏とかもやって頂けたら助かります」

四名分の餃子の材料なんて、そんなの訳ないです。マンボの演奏なんて、もっと訳ないですから。

かくして雨の中、ロケは始まったのでした。

共演者は、なぎら健壱さん、YOUさん。住宅地の中を傘をさして、なぎらさんの案内で蔓餃苑に向かうという設定ですが、もちろんなぎらさんも初めての蔓餃苑。絶妙な知ったかトークが初っぱなから炸裂します。

「あっ、オヤジ、今日やってる?」

蔓餃苑の中で、ヒマそうに新聞を広げている私。

「あっ、どうもどうも、いらっしゃいませ。うちは、手づくりの餃子の店です。というわけで、今からみなさんには、手づくりで餃子をつくって貰いますので……」

YOUさんは、行列のできる餃子屋に実際並んでしまうほどの餃子好き。なぎらさんは、調理師免許を持っているホンモノ。そして、タモリさんがつくる餃子は、芸能界一と噂されています。餃子企画ならではの、ゴージャスな出演者のみなさんです。

台本では、蔓餃苑のレギュラーメニューに、少しアレンジを施した「精力ビンビン焼き餃子」と定番の「海鮮水餃子」の二品を全員でつくることになっていました。蔓餃苑の狭い厨房でタモリさん、なぎらさんが、まずは皮づくりに挑みます。

ボウルの中に小麦粉を入れ、少しずつ熱湯を加えていって、菜箸を使ってかき回します。熱がある程度冷めたら、塩とゴマ油を混ぜて、マン身の力を込め小麦粉をこねます。大理石のテーブルの上に、打ち粉の強力粉をまいておいて、練った固まりを叩きつけて空気を抜きます。手持ち無沙汰気味なYOUさんが、いいタイミングで、笑いを誘発するコメントを連発してきます。生地は、本来であれば、常温で三時間程度寝かします。餡が出来上がった後に、生地を棒状に延ばして、二センチほどの長さで切ったものを、ひとつずつ球状に丸めて、のし棒を使い円形に広げていきます。

餡の材料をカットする際には、みなさんそれぞれが技を見せてくれました。豚の肩ロース肉を、鮮やかな両刀使いでチョップするタモリさんに、私が「ワルツのリズムで、フォービートで」と悪ノリします。そういう茶々を挟みたくなるほど、包丁さばきは素晴らしいです。ホームなのに、ちょっとヤラレタ感が。

蔓餃苑の基本レシピより、豚バラ肉が多めなのと、ズッキーニ、モロヘイヤ、それに定番の、あの栄養ドリンクが加わります。

「これは食べたあと、思わずセックスがしたくなる餃子ですね」

「餃子って、食べて交わると子どもができるって書くんですよ」という、やりとりがあったのですが、そこは編集上つままれていましたね。

野菜はすべてフードプロセッサーで、細かくなり過ぎないようにカットします。

◎餃子の皮の材料

小麦粉（強力粉）…五〇〇グラム

塩（沖縄産粗塩）…大さじ一杯

ゴマ油…大さじ二杯

熱湯…約三〇〇ミリリットル

◎精力ビンビン焼き餃子　餡の材料
豚肩ロース…一〇〇グラム
豚バラブロック…二〇〇グラム
ニラ…五〇グラム
セロリ…五〇グラム
キャベツ…大きめの葉一枚
ズッキーニ…五〇グラム
長ネギ…五〇グラム
乾燥しいたけ…六個
モロヘイヤ…三〇グラム
鶏がらスープ…小さじ二杯
塩…小さじ一杯
ゴマ油…大さじ一杯
黒砂糖…小さじ一杯
紹興酒…大さじ一杯

栄養ドリンク〇〇キング…大さじ一杯

ひととおり刻み終わって、材料を混ぜ合わせようとしたところで、タモリさんが、

「オレの餃子もつくろうかな……」。

台本上は、私のレシピを出演者のみなさんと一緒につくって食べるということでしたが、なんとタモリさんのヤル気スイッチがオンになってしまったではありませんか。

「オレの餃子は、こんなにあれもこれも入れないんだ。もっとシンプルなんだよ」

噂には聞いていた、白樺派じゃなくて白菜派。果たしてどんなレシピなんでしょう。

「白菜とアレ買ってきて、アレ。アレじゃなきゃダメだからさ、オレの餃子は」

タモリさんのマネージャーが小走りで蔓餃苑をあとにします。『タモリ倶楽部』のロケは、隔週二本一日撮りです。餃子の回はその日二本目でした。一本目が若干押したのと、雨の中の撤収と移動で、気持ち押し気味で収録はスタートしております。

予定では、東京ラテンムードデラックスの歌姫、園田ルリ子の「マンボDE餃子」の奉納演奏を聴きながら、新年の宴が始まるという時間に差し掛かっていました。ディレクターの山田さんの「クルマからテープ！　追加用意しておいて！」の声。ついに夢の餃子対

決・頂上決戦の幕が切って落とされました。

白菜を茹で上げるタイミング、水気を絞る手つき、てきぱきと流れるように、あまりに鮮やかに調理が進んでいきますが、台本には一切書かれていません。タモリさんのこれまで謎に包まれていた餃子レシピが、白日の下《もと》に晒されていくのを目《ま》のあたりにする現場スタッフ。狭い厨房内には、収録中のため音楽は止まっていましたが、タモリさんの頭の中にはマイルス・デイビスの軽快な名調子が流れているようでした。

小学生の頃、祖母から「男も今のうちから料理をするようにならないと、のちのち奥さんがいざという時に困るでしょう。私が料理をしている姿を見ていなさい」と言われ、毎日支度する姿を見ていたことが、タモリさんが料理を始めるきっかけになったと言います。父親は南満州鉄道の機関士であったとも。東京で居候《いそうろう》していた漫画家の、故・赤塚不二夫氏も満州生まれでした。

「オレの餃子は満州餃子だから」

「やっぱり、餃子にはマンが付きものですよね〜」

タモリさんは無言で、材料を混ぜ合わせていました。

◎タモリさんの満州餃子の材料（分量の詳細はわかりません）
豚肉
白菜
紹興酒
醤油
アレ（豚骨髄が入った半練り中華調味料）
ゴマ油
鶏がらスープ
塩
胡椒

マネージャーに買いに行かせたアレの正体は、ウェイユー。「これじゃなきゃダメなんだ、ミオウ」とつぶやいていました。

本来ならば、包むところが一番クローズアップされるべきな餃子の回ですが、ここまでですでに大幅に時間押し。それまで、延々と二台のカメラは回っていたのですが、出演者全員、あまりに寡黙に作業に熱中し過ぎていたため、ディレクターの山田さんの「カメラ、両方とも止めよう」の一言に、撮影現場はますますなごやかに。

かくして、タモリさんの渾身の作「満州餃子」も完成。一気に焼きに入ります。テーブルに着席して待つところに、私がジュワーッとまだ音が立っている、焼きたての餃子を運んでいきます。

美味過ぎる！　どちらも、口に入れただけで、アゴの関節がガクン、脳内にまで広がっていく**肉と野菜とアレとコレのハーモニー**。

当時ブームの真っ最中だった「おさかな天国」をパクった「餃子天国」、さらにタモリさんが、ラテンパーカッションで飛び入りしたオリジナル楽曲「マンボDE餃子」を披露。この日のために、園田ルリ子が自身でミシンで縫ってつくってきた、露出度高めの特製餃**子ビキニ**で熱唱すると、大盛り上がりの新年会に。タモリさんもご機嫌で「いい正月だねぇ」と、満面の笑み。

さらに追加で、海老と帆立が入った冬にイチオシの海鮮水餃子が登場。番組の最後は、蔓餃苑の定番デザート、モツアン餃子を頂きましたが、なぜか伏せ字で「○んこ餃子」と**紹介されます**。なぎらさんの、もろなツッコミに、**ピーの警報音**がかぶるも、ＹＯＵさんの「ちゃんと使えるようにやりましょう。テープもったいないですよ」で、また一同なごむという、実にハッピーな餃子新年会となりました。

芸能界、餃子ナンバーワン対決がこの日行われていたことは間違いないのですが、勝敗がどうのこうので終わらなかったことに『タモリ倶楽部』の美学が貫かれていたような気がしました。私としては、タモリさんが蔓餃苑で、自身のレシピの餃子をご披露して下さったことに、心底感動しました。

撮影終了時間を四時間以上もオーバー。安齋肇さんの空耳アワーのコーナーを除いて、本編のわずか二十数分に、いったいテープを何本回したのでしょうか。そういえば、マン盆栽の回でも、途中タモリさんが、マン苔《こけ》（マンボな苔）探しに夢中になってしまい、大幅にロケ時間が押したことがありました。いつも、申し訳餃子いませんです。

◎海鮮水餃子の材料
焼き餃子の餡…八〇グラム
海老…五〇グラム
帆立…五〇グラム

ゴマ油（追加）…小さじ一杯

◎モツアン餃子の材料
モッツァレラチーズ
ゆであずき
塩
きな粉

食欲止まらぬ餃子丼

小泉武夫

「餃子丼」が大好きである。高校生の時、自分で考え出したオリジナルの超食欲湧出《ゆうしゅつ》丼の一つなのだが、よくよく考えてみるとだれでも考えつくから、オリジナルなどという大げさな名は引っ込めることにしよう。丼に八分目ぐらいに温かい飯を盛り、その上に熱々の餃子をいくつか乗せ、さらにその上から辣油《ラーユ》を数十滴振りかけ、最後に上から酢醤油をサーッとまいて、熱いお茶をわきに置いて、やおら口の中にかっ込むのである。これがまたうまいんですなあ。

丼を左手に持って、右手のはしで大きく開いた口の中に飯粒と餃子を運ぶ訳だが、鼻の穴からは飯のにおいとともに餃子の焼かれてやや焦げた香ばしいにおいと、少し破れかけた皮あたりから抜け出てきたニラやニンニクのにおいが絡み合って入ってくる。口の中では飯の上品なうまみと甘味をベースに、餃子の具の濃味と揚げた油のコク味、辣油の辛みと醬油のうまみなどが相乗りしてきて、餃子の皮のペロリ感までが押し寄せて来るものだから、何が何だか分からぬぐらいにおいしくなって、はやる心をさらに興奮させてかっ込み続けるのである。

しかし、そのままガツガツと食べ続けると呼吸が苦しくなるから、一度丼とはしを置いて熱い茶をすすることにする。茶が入ると、今度は口中火が付いたようになるのは茶の熱さが辣油の辛さをあおるからで、この熱辛の刺激は、すぐにまた丼を持ち上げ、はしでかっ込ませる食欲につながるのである。こうしてどうにも止まらなくなり、丼二杯を平らげたこともざらであった。

小麦粉で作った皮に、豚のひき肉やニラ、ニンニクなどの具をかしわもちの形に包み、蒸したり（蒸し餃子）、ゆでたり（水餃子）、平なべで焼いたり（焼餃子または鍋貼餃子）と大衆性あふれた食べ物。本場の中国に行くと蝦仁（エビ）、蟹粉（カニ）、冬筍（タケノコ）、冬瓜（トウガン）餃子と、様々なものを具にして食べられるので、実にうれしい。

ある時、四川省の山の中で豚肉のなれずしを使った餃子を食べたことがあるが、これがまた絶妙な味で、いまだにあの餃子の味が忘れられないでいる。

ナスのギョーザ

池田満寿夫

　ギョーザとラーメンはもはや国民食である。原産は中国だが、ラーメン屋は日本のいかなる小さな町、小さな村にも必ず一軒はある。それはパリやニューヨークまで進出している。

　ラーメン屋には必ずギョーザがある。不思議だが、ギョーザだけの専門店はあまり見かけない。たまにギョーザだけのカンバンを出している店もあるが、ここでも必ずラーメンは売っている。ギョーザといえばラーメン、ラーメンといえばギョーザ。この二つは今や一対である。どちらが主役か、簡単には決められない。なかには、ラーメンだけの専門店はある。ギョーザをおいていない偏屈な店である。うどんのおいていないソバ屋、あるいはソバのおいていないうどん屋、みたいなものだ。ソバとうどんを注文する人はあまり見かけないが、ラーメンとギョーザを注文する人は多い。それに白飯がつくと、金のない男性には完全食になる。少し金があると白飯の代わりにチャーハンになる。

ギョーザの原産は中国だが、中華料理店に必ずギョーザがあるとは限らない。特に外国のチャイニーズ・レストランになると、いわゆるわれわれが愛食している焼きギョーザはむしろある方が珍しい。外国では本家は水ギョーザなのである。焼きギョーザは、北京料理店でしか見かけないのである。ニューヨークのチャイナタウンの主流は広東料理である。ちなみに英語で水ギョーザはダンプリン、焼きギョーザはフライド・ダンプリンである。

私は一般の日本人同様、ラーメンもギョーザも大好物である。双方とも終戦直後のあの素朴な原形を愛する。ギョーザでいえば肉が少なくキャベツがやたらに多い類が好きなのだ。高級になるほどひき肉の量が多くなり、ニューヨークでギョーザを食べると中身は肉だけになっている。私にいわせればこれは肉ダンゴの皮つつみであってギョーザではない。

私の郷里は長野だが、信州には独特の郷土料理がある。おやきといって、ナスとミソをあえて、メリケン粉の皮でくるみ、むしてフライパンで焼いた、つまり野菜まんじゅうである。これが大好物だ。

大阪へ行った時、あるレストランに、ナスギョーザという聞いたことのないメニューがあった。さっそく注文したが、出て来た品はナスをくり抜き、そこに肉をつめて焼いたものだったのには失望し、支配人に文句を言った。曰く、ギョーザと名付ける以上、ギョーザの皮を使うべきである、と。その時、私の頭にひらめいたのが、今回のナスのギョーザである。つまり郷里信州のおやきの中身を、ギョーザの皮でつつみ、焼きギョーザ風に焼く新料理である。まず陽子が試作し、私が食べて合格点をつけた。私の今回の作品は陽子風とは若干違うが原理はもともと私が考えたものである。

陽子風。ナスをみじん切りにし、ネギ、ニラ、あさつきのみじん切りを加え、甘ミソを酒でとかし、ニンニクを焼いて味をしみ込ませたゴマ油で、いったんよくいためたものを皮につつむ。

満寿夫風。ナスを千切りにし、塩でもみ、ミソとゴマ油であえ、そのまま皮でくるむ。

どちらがうまいか、双方を試食しているのは私と陽子だけである。お互いに主張してゆずらず、まだ決着がついていない。

春節と餃子。一年でいちばん楽しいお正月

ウー・ウェン

中国のお正月は春節《チョンチ》と言い、農暦（日本の旧暦）の一月一日に行われます。春節の行事は、まず十二月八日からはじまります。その日になると、くる年も豊かであるようにという願いをこめて、穀物や豆を八種入れた甘いお粥を食べます。十二月のことを臘月ともいうところから、このお粥は臘八粥《ラーパーチヨウ》と呼ばれます。この日を境に北京っ子はお正月の準備に入ります。大掃除や正月料理用の材料の買い出しと、日本と変りません。

そして大みそか。大みそかの夜には家族が全員、集まります。集まる場所は普通は家長の家。わが家では父の家に、兄夫婦と私たちが集います。でも、いまは子どもたちの学校があって行けません。私たちのように家族が海外にいる場合は、春節といっても休日では

なく、参加できない場合も多いのです。ですから、ここでは何年か前の、子どもたちがまだ、就学前のある年の春節を例に、お話ししましょう。

家族が集まるその日のために、母はごちそうを用意して待っています。もちろん、私や兄嫁も手伝っていっしょに作ります。日本のおせちは元旦から食べますが、北京では大みそかから食べはじめます。そして、十二時が近づくと居間のテーブルに道具を並べ、家族全員で餃子を作ります。

粉をこねて生地を作るのは父の役目、力がいるからです。皮を作るのは私の仕事。生地を手で直径二センチほどの丸いひも状の輪にし、二センチ長さに手でちぎります。ここはふだんなら包丁で切ってもいいのですが、お正月の三が日に刃物は厳禁。連なった年が切れるということで縁起が悪いからです。

ちぎった生地は、麺棒で直径八センチほどの皮にのばします。以前、物好きな夫がストップウオッチで、のばす早さを測ったことがありました。一枚をのばすのに大体五秒、一分で一二枚、一〇分なら一二〇枚だそうです。別にストップウオッチを持ち出さなくても、このくらいの人数だったら、一〇分もあれば十分なことぐらいわかっているのに。なお、このスピードは、北京っ子としてはべつに早いほうではありません。

餡は夫のリクエストで、大根、ねぎと羊肉のしょうゆ味、白菜、にらと豚肉の塩味の二種。にんにくは餡には入れません。

皮をのばすそばから父や兄夫婦が餡を包み、子どもたちが排排簾《パイパイリエン》に並べていきます。排排簾はコウリャンの茎をすだれ状に並べ、直径六〇センチぐらいの円形に切ったもの。なぜかこねた小麦粉がくっつかない、小麦粉料理専用のすぐれグッズです。

ふだんなら母一人で作りますが、大みそかは特別。楽しそうにみんなとおしゃべりをしながら見ているだけ。まるで現場監督みたい。

全部を包み終えると、いよいよ母の出番です。真打ち登場といった感じで母は台所に立ち、鍋でぐらぐら煮えたぎる熱湯に餃子を入れます。餃子作りでいちばんむずかしいのは、じつはゆで加減。ここは経験豊かな母の独壇場です。一度に入れる個数は鍋の大きさにもよりますが、大体二、三十個。湯の温度を下げないために、多く入れすぎないのがコツです。

うちの母は、こういうときは大げさに振るまうのが大好きで、夫がそばで見ているのを意識して、目いっぱい真剣な顔で湯の中で踊る餃子を見つめます。

餃子をゆでるには、ちょっとしたコツがあって、まず高温でなるべく短時間に皮に火を

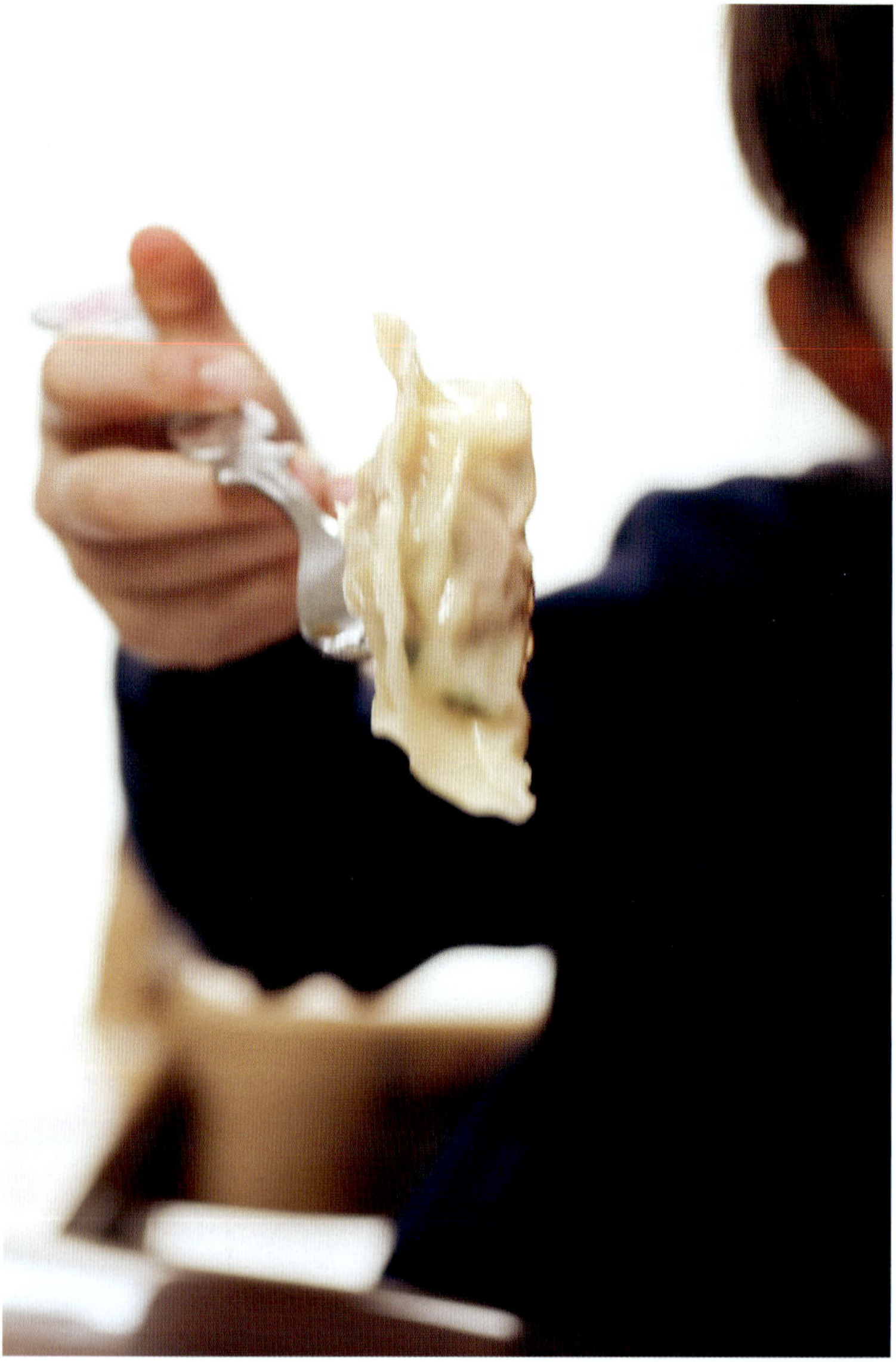

とおし、とじ目をくっつけてしまうこと。こうすると餡に熱が通って膨脹したときに、パンクしないで持ちこたえられるのです。

湯の中で餡に火が通った餃子はぱんぱんにふくらんで、倍ぐらいの大きさになります。浮き上がろうとするのを網じゃくしで押さえながら、母は息をとめて取りだすタイミングをはかります。目はさながら獲物をねらう鷹のよう。でも、うしろでは夫が固唾を呑んでいるのを意識しているのが見えみえ。もう、ママったら。

いまだ！　そんな感じでしゃくしですくって皿に入れ、夫に渡すと、夫はみんなの待つテーブルに急いで運びます。子どもたちはわーっと歓声をあげ、さっそく箸をだします。

父は味見といった感じで口に入れ、よくできたと言うようにうなずいてます。ワインじゃないんだからテースティングはいらないでしょうに。父はコチコチの学者で、本当はそんなことする人ではなかった。かわいそうに、母に影響されてしまったんです。

北京っ子は餃子を食べるときは、黒酢をつけるのがふつう。うちでは秋に父がにんにくの酢じょうゆ漬けを作って、その漬け汁をつけて食べます。漬けたにんにくもかじります。餡に直接にんにくは入れませんが、薬味としては使うのです。夫と私はなにもつけないで、そのまま食べます。そのほうが味がよくわかるから。こうして家族は去年、今年の変わり目を、なに一つ変わることなくすごします。

春節の会社のお休みは、土日を含めて大体一週間。年始に行ったりお客が来たりと、そのあたりは日本と同じです。

北京では、開市大吉といって、最初の六日がいゆわる御用はじめ。街は動きだします。七草粥の習慣はありません。十五日の、その年、最初の満月の夜に行燈に火を灯し、元宵《イエンシヤオ》を食べて春節は終わります。

元宵は餡の入った上新粉だんごを白湯に放したもので、遊び疲れた体と心をホッと暖めてくれます。

父の水餃子

小林カツ代

昭和のはじめ、父は商用で上海や旧満州（現中国東北部）にひんぱんに出かけていました。まだとても若く、もちろんわたしが生まれていないころです。

父は中国という国と人々にとても親近感と尊敬の念を抱いていました。そしてその気持ちは戦争が始まってからも変わりませんでした。それは大勢の中国人たちと親しくつき合ってきたからです。商売を通じてだけではなく、家に呼ばれてごちそうになり、テーブルを囲んで食事をすれば個人対個人としての関係が生まれます。そうやって築かれた友情や親しみは、国同士の争いによってもそこなわれたりしないものです。

そうやって親しくしていた一人に、上海か旧満州かで知り合いになったおばあさんがいました。父はこのおばあさんにかわいがられ、家に招かれて何度も食事をごちそうになりました。ごちそうと言っても、大げさなものを出されたわけではなく、その家でふだん食べているおいしいもんを家族の人たちと一緒に楽しくいただいた、ということです。

あるとき、おばあさんが作ってくれる餃子があまりにおいしいので、父は作り方を教わったそうです。中国では日本でポピュラーな焼餃子はあまり食べないんですね。庶民が家庭で好んで食べるのが、あっさりしたゆでた餃子。


わたしが幼かったころ、父はこのとき習い覚えた中国本場の水餃子を、休みになるとよく作ってくれました。いまでも忘れられないくらい美味でした。

父の水餃子はまず皮を手作りすることから始めます。父はボウルに小麦粉を入れ、水を少しずつ加えてよく練っていきました。耳たぶくらいの固さになるとひとまとめにして少し寝かせます。そしてその塊《かたまり》から、ぽんぽんと指を丸めて大さじ大の塊をひねり出し、くるくるっと丸めてお団子にしていくのです。このひねり出す動作が魔法のようでした。

直径四センチほどの小麦粉のお団子がいくつも並ぶと、今度はそれを順々にめん棒で、それは器用に伸ばしていくのです。くいくいとめん棒を上手に動かしていく父の指の先で、みるみるうちにお団子は円形に伸ばされ、皮が作り上げられていきます。めん棒を動かすその手つきもうまかった。

中につつむ具は豚のひき肉、にら、白菜、ごま油といったもので、とりたててこれといったためずらしいものが入っているわけではなかった思います。餃子という料理は中国では庶民の料理です。かしこまって食べるものじゃない。だから豚肉も上等のものである必要はない、それを脂の少ない上等のひき肉で作ると、それはちがう味になってしまうと、よく言ってました。

具を皮でつつむまでは父がやり、おかまにたっぷりの湯をわかし、ぐらぐらゆでるのは母と女中さん。でも気になるのか父は何回も台所に出没しました。

「うまいことといってますか？　中まで煮えてますやろか？」とのぞきこむ父。

「皮の厚さもほどようて、おいしそうにできてますよ」

浮き上がってくる餃子をするっと引き上げながら母は答えてました。

ゆでたてをつるんつるんと食べるその水餃子のおいしかったこと。皮があまり薄くなく、むしろやや厚めです。それがしこっとしていてほのかに甘味がある。いくらでも食べられるんです。今、同じように作っても、どうも味がちがう。小麦の味がちがうのかなァ。

水餃子の作り方

①餃子の皮を作る。ボウルに強力粉、塩を混ぜておく。水を加減しながら加え、もち状になるまで手でこね、10分以上ねかせる。
②具を作る。ボウルに豚肉と調味料をよく混ぜ、片栗粉をまぶした長ねぎ、生姜を入れ、さらに混ぜる。
③①の生地を細長くのばして包丁で12等分に切る。コロコロ丸めて、めん棒で丸く、薄くのばす。できた皮で②の具を包み、口をしっかり閉じる。
④熱湯で5〜7分茹で、中までしっかり火を通します。
茹で汁と一緒に器に盛り、酢じょうゆで食べます。ちょっと厚めの皮がいい。

《材料》

皮

強力粉　1カップ

塩　少々

水

あん

豚ひき肉　150g

調味料

しょうゆ　小さじ2

ゴマ油　小さじ2

水　小さじ2

長ネギ（みじん切り）20㎝

生姜（みじん切り）少々

片栗粉　適量

アツアツの水餃子『初恋のきた道』

渡辺祥子

最近、周囲にいる人々が、好き好き、と騒ぐ映画が二本ある。閉山騒ぎで揺れるイギリスの炭鉱町でバレエダンサーを目指す少年を主人公にした『リトル・ダンサー』がその一本。もう一本が国際的に人気のある中国の監督チャン・イーモウの『初恋のきた道』だ。どちらも主役がとびっきり可愛い。

『リトル・ダンサー』のほうは、ダンサー志望の少年と、息子がどうしてもなりたいならできることはなんでもしてやりたいと思う炭坑夫の父の愛が麗しいドラマ。ただし、食べるシーンは朝食がチラリと見える程度。ところが、そこは食にこだわる中国の映画、『初恋のきた道』は恋しい気持ちを手料理で伝える少女が主人公、ということで今回は

『初恋のきた道』を取り上げたいと思う。なんたって私の場合は食べ物が優先です。

映画はモノクロームの映像でひっそりと幕を開ける。教師だった父親の突然の訃報を受けて雪深い中国北部の村に帰ったルオ・ユーシェンは、一人残された老母が、昔ながらの人手を必要とする葬儀で夫の野辺の送りをしたいと言い張っていると知らされた。めっきり老いた母は、まるで授業をする父の声を聞くかのように古ぼけた校舎の傍らにたたずんでいた。そんな老母の姿を見ながら久しぶりに会った息子は、いまでは村の語りぐさになっている母の若き日の一途な恋を思った。

さて、ここからカラーになっていきいきと登場してくる若き日のルオの母チャオ・ディ（チャン・ツィイー）は、輝くばかりに愛らしく美しい娘だった。彼女は馬車に乗って村の小学校に赴任してきたルオ・チャンユー先生に一目惚れの恋をした。

まだ校舎はなく、村の男たちが総出で作る。女たちはそんな男たちのためにお弁当を作るが、食べるときは遠くからただ見ているだけだ。料理は器に入れた布に包み、決められた場所に置いておく。チャオ・ディは青い花の描かれた丼に料理を詰めて布で包んでいる。先生に食べて欲しいのだけど、男たちは並べてある包みを適当にとっていくだけだから、誰が食べているかはわからなかった。

そんなある日、チャオ・ディの願いが通じて先生を家に招くことに成功した。まずお昼を食べていただいて、次は夕食にお招きする。夕食のごちそうはおめでたい日には付き物の餃子。今日はキノコを刻んで餡にしよう。肉は多分入っていないのではないかと思う。なにしろ町へ行くには延々と馬車に乗らなければならない片田舎の貧しい村の話だ。牛も豚も羊の姿もないし、いるとすれば鶏、といっても、飼っているのをつぶすのだからそう簡単に食べてしまうわけにはいかない。いくらチャオ・ディが先生に首ったけでも、母と娘の貧しい生活では鶏肉を使うことは難しい。

中国では餃子といえばアツアツにゆで上げる水餃子。チャオ・ディも先生のためにキノコ餃子を山のようにゆで上げた。さあ、いつでも大丈夫だから早く来て……ところが待てどくらせど先生は現れず、やっと会えたと思ったらそれは別れの知らせだった。町から呼び出しを受けて「冬休みにはきっと帰ってくるから」と約束して、来たときと同じ道を先生は去っていった。

ここからが回り道で、二人が再会して結ばれるまでには長い日々を要するのだが、間違いなく再会できたことは確か。彼らは息子に恵まれたのだから。再会できたのはチャオ・ディが素晴らしく愛らしい娘だったからか、それとも彼女のお料理の腕がなかなかのものだったせいか？

　どちらか一方に決められないのは、餃子のおいしさが皮と餡の両方から成り立っているのに似ている、と言えるかもしれない。水餃子のもちもちとした食感と、餡から滲み出るうまみ。この二つが一つになって餃子のおいしさを構成しているように、チャオ・ディの愛らしさとお料理の腕が先生を魅了したのだろう。

　ということはさておいて、彼女を演じるチャン・ツィイーの愛らしさにはびっくりさせられる。『初恋のきた道』のあとに製作された『グリーン・デスティニー』や『LOVERS』などいっきにスターの座へと駆け上った姿は、アジア女性の美を世界に見せつけているのだ。

唾と大地と水餃子

難波淳

勢いよく吐き出された唾が、長く大きな放物線の軌跡を空中に残しながら大地に舞い落ちる。

道行く人の態度は、どこか自信に満ちている。うつむいて道の端に唾を吐いたりはしない。しっかりと前方を見たまま進行方向に向かって力強く吐く。その間、歩みは少しもゆるめない。早足で道を行くおじさんが吐く。買い物帰りのおばさんも吐く。そして、何事も起こらなかったようなあっけらかんとした空気を残したまま、さっそうと去ってゆく。

ぼくは今、確かに中国の大地の上に立っている。日本から見れば近くて遠い国、一般には団体の観光旅行でしか来られないところだ。しかし実際に来て生活を始めてみれば、実にあたりまえのことだが、やはりここでもごく自然の日常の時が刻まれているのがわかる。子供たちはあき地ではしゃぎ回り、買い物袋をさげたおばさん同士が大きな声で立ち話をし、そしてやがて一日が終わってゆく。

もちろん、異邦人の目には奇異に映ってしまうことだって、ないわけではない。幼児のはいているズボンは股の部分が大きく裂けている。最初にそれを見たときはてっきり破れているのかと思ったが、どうもそうではないらしい。小さな子供たちのズボンはみんなそうなっているのだ。用便のことを考えてそうしてあるのだろうか。ズボンのすき間から小さなお尻を見せながらヨタヨタと歩く子供の姿も、見慣れてしまえばなんだか一つのちゃんとした「絵」になっているように思えてくる。

ここ北京では、自転車は市民の重要な足だ。ぼくもさっそく買って乗ってみる。サドルの位置がやけに高い。ぎりぎりいっぱいにサドルをおろしても、かろうじて片足の先端が地面に届く程度だ。中国人は日本人にくらべてそんなにも足が長いのだろうかと驚いたが、交差点での様子を見てみるとそうでもないようだ。信号待ちで止まるときは、大部分の人が自転車をおりる。止まるときのことは問題にせず、ただ走るときの効率だけを考えて設計されているといった感じだ。二十八インチのタイヤを使った自転車は、ペダルを踏んでみるとさすがに速い。

学校の寮から中心街まで自転車で片道一時間。買い物を終えての帰り道、すきっ腹をかかえて町はずれの食堂に飛びこんだ。

さほど広くない食堂は、たくさんの労働者風の男たちで満ちあふれている。異国の人間が入ってきたことで一瞬揺れ動いたかに見えた室内の空気も、数秒もたたないうちにすぐ元の大衆食堂のものに戻る。あちこちで盛んに、床に向かって唾が吐かれている。

食券売場で餃子を頼むと、代金と引きかえに小さな赤い紙切れをくれる。勝手がわからないので通りがかったウエートレスにそれを見せるが、一瞥をくれただけでさっさと向こうに行ってしまう。見ていると、ウエートレスは奥から料理を持ってくるたびに番号を読み上げている。ぼくの紙切れを見てみると「63」と書いてある。今呼ばれたのが「五十一《ウーシーイー》」だから、もうしばらく待たなければいけないようだ。

中国風の白いかっぽう着を着た別のウエートレスが奥のほうから出てきて、バケツに入れたスープを、碗と箸入れの備えられた小さなテーブルの上にどんとおいてゆく。スープといっても、何の実もないただの白い汁。餃子のゆで汁なのだ。客の様子を見てみると、どうやらこのスープは勝手にとって飲んでもいいらしい。

　スープで腹の虫を抑えながら待っているうちに、ようやくぼくの番が回ってくる。目の前におかれた大盛りの水餃子。ホカホカと湯気を立てている。空腹にまかせてむしゃぶりつく。

　どういうわけか、ウエートレスがもう一皿余分に水餃子を運んでくる。たぶんぼくの中国語が不十分なせいで、注文するときに手違いが起こったのだろう。一人で二皿はとても食べきれないので、ジュースを飲みながら順番を待っている一団の男たちのテーブルに一皿持ってゆく。つたない中国語ですすめると、ちょっと驚いたような顔をしたあと、すぐに白い歯を見せて口々に謝意を述べている様子。自分の顔も彼らと同じようにほころんでいるのを感じながら、また席について餃子をほおばっていると、彼らからジュースの差し入れが届けられた。

　胃も心も満ち足りた気分になって食堂を出ると、日はもうとっぷりと暮れている。

　中国に来てようやく一週間。なんだか大きな渦の中でもてあそばれているような感じがするが、あと数カ月もたてば、ぼくも中国人と同じやり方で唾を吐きながら道を歩くようになっているのかもしれない。

餃子のミイラ

小菅桂子

中国は本当に不思議な国である。

新疆ウイグル自治区の吐魯番《トルファン》博物館に餃子のミイラがあるというのである。それも大むかしのものが。

「そんな！　小麦粉のかたまりがいつまでもあるわけないでしょ！」

にわかには信じがたく、一笑に伏したいところだが……待てよ！　相手は文字どおり摩訶不思議な国、中国。されど吐魯番までおいそれと行くわけにはいかない。確かめに行くには時間もお金もかかる。それも半端じゃない。しかし長年、食文化の仕事に携わるものとして、また博物館学を教えるものとしてできるだけ早い機会に見たい！　と思いながら

も、ほとんどあきらめかけていた。でも頭のどこかにしっかりとインプットされていたことは確かである。

それから何年が過ぎただろうか。その日、私は二度目のシルクロードの旅に出て、吐魯番にいた。そのとき突然、吐魯番博物館の餃子のミイラの話を思い出したのである。一回目のシルクロードの旅でなぜそれを思い出さなかったのだろうか。とにかくこのとき、餃子のミイラを思い出したのである。

「ねぇ、ねぇ、吐魯番博物館に餃子のミイラが展示されてるんですって。見たくない?」

ここでいっとき、ウソ、ホント論争が繰り返されて、なにはともあれ、ガイドに本当に餃子のミイラがあるのかどうかを確認した。すると本当に「ある!」と言うではないか。その返事を聞いたら、もうなにがなんでも行かないわけにはいかない。私は即座に博物館の見学を申し入れた。たいていの場合、中国の現地ガイドは予定にない見学はいやな顔をするが、このときのガイドはとても親切で、まずその日に博物館が開館しているかどうかを確認し、「いそげばまだこれからでも間に合います。大いそぎで行きましょう!」と言う。時計は四時半を指している。閉館は五時。私たちは滑り込みセーフで間に合ったのである。

バスを降りるや、私たちは一丸となって餃子のミイラを目指して走った。

「あった、ありました」。念願だった餃子のミイラが本当にあったのです。それもわれわれの目の前、すぐそこ、展示ケースの中に。

餃子の化石を前にみんなかなり興奮気味であった。

説明によると、この餃子の化石が発見されたのは一九五九（昭和三十四）年、新疆ウイグル自治区吐魯番県アスターナ古墳群から餛飩《わんたん》と見られる食べ物と一緒に出土したという。アスターナ古墳群というのはシルクロードの観光スポットである。この古墳群は高昌国時代の貴族の墓で、その数は数百といわれる。アスターナとはウイグル語で「休息」、「眠り」つまり「休息の場所」という意味で、遺体はミイラとなって保存されている。三世紀から八世紀にかけて造られたこの墓は、砂漠のなかにあることが幸いしたのだろう、乾燥度が高いため、まことに保存状態がよく、このときの発掘によって吐魯番文物や綿、絹織物、騎馬俑《きばよう》などさまざまなものが出土しているという。餃子もそのとき発掘されたのである。

餃子のミイラが展示されているというこの事実を、日本へ帰ってみんなに見せたくて、博物館の係員に図録はないかと聞いて見た。なんとこれまた「ある」と言う。まずは買わにゃあ！　ところが日本円で千円。これは中国の若者に人気の輸入ＣＤあるいはレコードと同じ値段である。高い！　しかし中国だから高いと思うのであろう。印刷の鮮明度など正直、技術面で問題はあるし、旅先での買い物としては重たすぎるが……まぁ、いいか。

なんだかんだと言いながら結局は買ってしまった。この図録には餃子のミイラが四個載っていて、「吐魯番阿斯塔那墓出土、四隻、長《ながさ》約四・七センチ、寛《はば》約二・四センチ、麦面製品、淡黄色、形状和現在的餃子相同」と説明がある。

餃子のミイラ！　ばかばかしいといえば、まことにばかばかしいが、さすが中国、それよりなにより旅のたのしみとしては最高だ。

味覚の郷愁――トルクメニスタン

石田ゆうすけ

イランを抜け、中央アジアの最初の国、トルクメニスタンに入ってすぐのことだ。砂漠に浮かぶ村の食堂で羊肉のスープを飲んでいると、トラックが店の前にとまり、四人の男がドカドカと入ってきた。荒っぽそうなオヤジたちだ。しばらくして、彼らのテーブルに運ばれてきた料理を見て、ぼくは「えええっ⁉」と思わず大声を上げた。なんと餃子である。イランの隣でこんなものが食べられているなんて！

ぼくは身をのり出して、「シトーエータ（それは何）？」と暗記しておいたロシア語で彼らにおそるおそる聞いてみた。彼らは最初変な顔でこっちを見ていたが、すぐに口元に笑みを浮かべて「マンティ」だと教えてくれ、「こっちに来いよ」と席を勧めてくれた。

そっちに移ると、彼らはマンティの皿をぼくの前に置き、「食べろ食べろ」と言う。お言葉に甘えてひとつ口に放りこむ。プルプルした皮が裂け、肉汁がじゅわっと飛び出し、肉とキャベツの甘みが日の光のように広がっていった。

「ぐ、ぐ、ぐ……」

羊肉を使っているので日本の餃子とは違う。だが同じルーツを感じさせる味だった。〝アジアの味〟だった。このとき、まったく予想だにしなかった感動が起こった。やっと帰ってきたんだ。そんな声が体の奥から聞こえた。その声にぼくはハッとし、肌に無数の粟粒が立った。トルコで家族たちとあぐらをかいて座ったときも〝アジア〟を感じたが、このマンティの衝撃はそれではなかった。日本を出てから、ここにいたるまでの六年という月日の重さを体じゅうに感じ、そしてその長さを初めて知ったように、愕然となったのだ。

偽りなく、この六年は本当にあっというまだった。あっけないものだった。ふだん旅をしていて時間の重さを感じることはない。ふつうに生活をしていて、自分の生きてきた時間を長いと感じたりはしないように。何年旅をしようが〝現在〟の一瞬一瞬があるだけなのだ。

アフリカのゴール、喜望峰に着いたときもぼくはぼんやりしていた。「Cape of Good

Hope（喜望峰）」の木の看板を眺めながら、「パンフレットの写真どおりだ」と思った。そのあと追いついたタケシやアサノやジュンといっしょに騒ぎはしたが、その看板を見たからといって「到達した」という実感が得られたわけではなかった。頭のなかで「ここは喜望峰だ」と理解しただけだ。視界から入ってくるものは脆弱で、あやふやなのだと思った。

だが五感で受けとめる食物は違う。マンティを食べた瞬間、これまでの旅路が自分の後方に延々とのびていくような像が浮かび、体が震えた。アラスカから始まって、南米、欧州、アフリカという道のりを、自分の足で走り、ついにアジアまでやってきたということを、今さらながら体で感じ、体じゅうで理解した。そしてその道程の長さと、自分のなかに蓄積された時間の量に息を呑み、茫然となったのである。

運転手たちはぼくの上気した顔を不思議そうに見ていた。そのことに気付いたぼくは手でペダルをまわす動作をして、これまでに訪れた主要な国の名を言った。彼らは深いため息をついたあと、マンティをさらに勧めてきた。ぼくは慌てて「そんなつもりで言ったんじゃない」と遠慮したが、彼らは笑ってそれを制し、どんどん食べろ、という仕草をした。それから店のおばさんにもうひとつ茶碗を頼んだ。

茶碗が運ばれてくると、彼らはそれにウォトカを入れ、ぼくの前に置いた。最年長とおぼしき六十歳ぐらいのおじさんが手を合わせ、何か唱え始めた。みんなも目をつぶって下を向き、同じ文句を唱えている。急に厳粛な気持ちに包まれた。どうやら旅の安全を祈ってくれているらしいのだ。いま会ったばかりの、こんなぼくのために……。

その祈りが終わると全員で茶碗を持ち上げた。

「トウスト（乾杯）」

飲み干すと喉が焼けるように熱くなった。

その二日後、ウズベキスタンに入国した。国境を越えても劇的な変化はなく、相変わらず白っぽい砂漠が続いた。夏の暑熱がじわじわと近づいている気配が日差しや風から感じられた。

午後三時ごろ、小さな町に着いた。食堂に入ると、客が十人ぐらいいて、丼に顔をつけるようにして何かをすすっている。その中身が見えた瞬間、ゾクッと震えがきた。

うどんである。ユーラシア大陸のど真んなかで、うどんが食べられているのだ。

おばさんがオーダーを取りにきた。ぼくはなんだか慌てたように客たちが食べているものを指し、「エータ（あれ）、エータ！」と言った。おばさんはいぶかしそうに「ラグマン？」と聞いてきた。ぼくは「ダー（はい）、ダー」と答え、何度も首を縦に振った。

運ばれてきた「ラグマン」には、肉、ジャガイモ、トマトが入っていた。スープを飲んでみると、シチューと肉じゃがを足して二で割ったような味だ。次いで麺をすすってみると、

「うほおぉ……」

やはり日本のうどんと同じだった。表面はややぼそぼそしているが、噛みしだくともちっとしたコシがある。スープとのからみ具合もいい。一気にテンションが上がり、続けてズルズルとすすった。考えてみると、〝麺とスープ〟という料理が郷土料理としてふつうに食べられている文化圏に、ぼくは日本を出てから六年もかかって、やっと戻ってきたのだ。

夢中で食べながら、ふと顔を上げた。客たちはみんな無表情で口を動かしている。ズルズルと音を立てて麺をすすり、口を動かし、また無表情で麺をすする。窓から午後の光が射し、薄暗い店内を淡く照らしていた。そのなかでズルズル、ズルズル、という音がいくつもいくつも立ち上がり、ぼくのまわりで鳴っているのだった。

——アジアにいる……。

丼に目を落とし、再び麺を口に運んだ。目の前でズルズルという音が鳴り、体に熱が広

がっていった。とうとうここまで来たんだ。地球をぐるっとまわって、本当に帰ってきたんだ。顔がじわじわと火照ってきて、目の奥から熱いものがこぼれてきた。食堂の喧騒がだんだんと遠ざかっていった。

餃子世界一周旅行

角田光代

三月の終わりから四月の半ばまで、ウラジオストクからパリまで移動の旅をした。基本的に移動はバスと列車だが、二回ほど飛行機にも乗った。通過した国は十、降り立った国は八カ国である。私は旅の回数は多いが、こんなふうに移動を目的とした旅は、はじめてのことである。

はじめてだから、びっくりしたことが多々あるのだが、そのなかのひとつに、餃子、がある。

ウラジオストクからイルクーツクまで、シベリア鉄道に乗ったのだが、ウラジオストクでもイルクーツクでも列車内でも、英語はまったく通じない。メニュウを読めないので、たいていの店に置いてある「ペリメニ」をよく食べた。餃子の皮に羊肉を詰めてスープで煮、サワークリームを添えたロシア版水餃子である。どこで食べてもハズレがないのがありがたかった。

　ロシアからバルト三国に抜けたのだが、エストニアにも、ラトビアにもそれから向かったポーランドにも、この水餃子がある。スープつきのもの、スープのないもの、サワークリームのついてないもの、餃子よりもう少し皮の厚いミニ豚まんのようなもの、等々。

　ハズレがない、というよりも、たぶん餃子を食べ慣れているせいで、どこで食べてもきちんとおいしいので、私は英語メニュウにそれらしきものを見つけると、頼んで食べた。

　そうしてふと、不思議に思った。餃子っていったいどういう分布のしかたをしているんだ？

　中国で、焼き餃子は見たことがないが、水餃子は各地にある。ネパールにはモモという、羊肉の水餃子がある。モンゴルにはバンシという水餃子がある。韓国にはマンドゥ、こちらは焼きも水もある。ベトナムまでいくと、餃子というより、むしろ春巻きに近くなる。ライスペーパーを用いた、蒸し春巻き、生春巻き、揚げ春巻きなど。タイ、マレーシア、シンガポールでは、そのご当地餃子は私は見たことがない。そのかわり華僑の営む本格的な中華料理店がどこにでもある。

トルコを旅したことはないのだが、マントゥという餃子に似た料理があると聞いたことはある。イタリアのラビオリは餃子っぽいが、でもここまでくるとだいぶ違う印象だな。どこかで発生した餃子が世界的に広がっていったのだとしたら、なぜ、根付かなかったところがあるのだろう？　根付いたところとそうでないところの違いとはなんだろう？あるいは世界同時多発的に、あちこちでご当地餃子が偶然生まれたのだろうか？

焼き、があるところもあれば、蒸しと水しかないところもある。はて、その違いは？

そもそもなぜ中国では餃子は焼かないんだろう？　焼いてもおいしいし、おいしいものならなんだって作る中国なのに。

もちろん、本格的に餃子研究をしたくなったとしたら、歴史的に、風俗的に、国交的に、いろんな角度から研究された書物などがすでに存在していると思う。まじめなものから、眉唾物も含めて。

そういう机上の旅もいいが、実際の旅で、「え、ここにも餃子がある、ここにもある」と驚くほうが、私はなんだか好きである。今回も、ロシアのペリメニは知っていたが、まさかバルト三国、はたまたポーランドにまで水餃子的なものがあるとは想像だにしていなかったので、驚きの連続。え？　まだあるの？　どこまであるの？　と、餃子を追う旅にしてしまいそうだった（もちろん本来の目的は餃子ではない）。ちなみにポーランドから夜汽車で向かったオーストリアのウィーンでは、見つけられなかった。

餃子のおもしろいところは、その変身具合だろう。たとえば中国で、餃子はおかずではない。皮部分がご飯なのだと聞いたことがある。餃子と白いご飯を頼んで、従業員に「え？　ごはんも？」と訊かれたことが、幾度かある。いっしょに食べていけないことはないが、まあ、ラーメンライスみたいな感じなのではなかろうか。

ロシアやバルト三国ではサワークリームがつくし、ネパールやモンゴルでは豚肉ではなく羊肉を用いる。私の食べたことのないトルコの餃子には、ヨーグルトやチーズが用いられているらしい。元を正せば、肉と野菜を刻んだものを、皮でくるんで蒸したり茹でたりする料理が、その場所の食材や食習慣になじんで、その場所だけの料理になるところが、なんとも魅力的だと思うのである。しかも、何とどのように組み合わせてもおいしいし。

そうして私は夢想するのである。いつか、本当に餃子を追うためだけの旅をしてみたいなあ。ものすごく遠くの、想像もしないような土地に、まだだれも知らない未知なる餃子料理があったりするんじゃなかろうか。

実現したら、浮世離れしているくらいの贅沢《ぜいたく》な旅になることだろう。

香港の点心

四方田犬彦

ぼくが子供のころ、点心のワゴンを押していたのはまだ年端のいかない少年少女たちだった。それが一九七〇年代のいつ頃からか、児童福祉に違反するというので、中年女性が替わって押すようになったんだな。

也斯《イエース》はそういうと、エビ餃子にほんのわずかだけ黒酢をつけて食べた。これは正式に広東語でいうと筝尖鮮蝦餃《ソンジンシンハーガウ》のことで、名前のように皮に筍の先端のように細かな段々がつけられている。その半透明の膜を通して内側のエビの身が透けて見えるところが、いかにも可愛らしい。それから也斯は黒々とした普洱《ボーレイ》茶に口をつけた。ちなみに彼は現代香港を代表する詩人であるばかりか、同時に食いしん坊としても著名な人物で、食べものについての詩ばかり書いている。

わたしたちは香港島の東端にちかい北角《バッカ》にある飲茶屋で、いくぶん遅い朝食をとっていた。客はまばらであり、広々とした食堂の隅では従業員たちがお喋りをしていた。卓のうえには餃子《カウヂー》と焼売《シューマイ》の皿がひとつずつ、それから彼の特別の拘《こだわ》りだということで、鳳爪《フォンジャウ》の小皿があった。伝説上の不死鳥のことではない。鶏の爪と指先を醬油で煮込んだものである。わたしたちは香港論の書物を二人でいっしょに執筆するという計画を話しあっていた。急須のなかの普洱茶が切れてしまうと、彼は蓋をなかば開けたままにした。給仕が目敏《ざと》くそれを見つけ、新しい熱湯をそれに足した。

北角は也斯にとって思い出深い場所だった。一九四九年、共産党政権の成立を怖れた多くの上海の文人や芸術家が、埠頭の側に猫の額のように設けられているこの町に住み着いた。彼らはここを「小上海」と名付け、戦前にかの地で殷賑《いんしん》を極めていたモダニズム文化をなんとかそこに根付かせようと試みた。書店を設け、映画館と写真館を建て、亡命者が主宰する新聞社を興した。上海料理店が次々と店開きし、やがてそこに同じく難を避けてきた白系ロシア人によるロシア料理店が続いた。也斯の両親も例外ではなく、生まれたばかりの彼を連れ、広東から亡命してきた。彼らの生活はけっして豊かだとはいえず、後に

してきた大陸へのノスタルジアにしばしば苛まされた。だがその一方で初めて接する英領植民地での、モダンで西洋風の生活にも強く心を惹かれるのだった。

小上海はやがて緩やかに解体していった。亡命者たちの次の世代はもはや上海からの難民としてではなく、香港人としてコスモポリタンに生きる道を選んだ。上海料理は地元の広東料理と混じりあい、さらに西洋料理を呑み込んで、独自のスタイルをもった香港料理を形成していった。ロシア料理店の名物であったビーフストロガノフはみごとに香港化され、茶餐廳《カフェ》の定番ランチメニューと化した。バターと牛乳に馴染めない香港人はフランス料理からこの二つの要素を抜き取り、クリームスープのなかに平然と鱶鰭《ふかひれ》を投げ入れた。鱶鰭が高価で払底してしまうと、その代わりに春雨を入れた。こうして彼らは「醤油洋食」のレパートリーを次々と増やしていったのである。

わたしが香港に通いだした一九八〇年代後半には、すでに飲茶屋では中年女性によるワゴンに代わって、ポイント式という新しいスタイルが登場しつつあった。卓に就いた客は給仕にむかってまず好みの茶を注文する。給仕はそのとき注文表を客に渡し、そこには細々とした活字でさまざまな点心の名前が印刷されている。それらは小点、中点、大点、特点と四つの等級に分かれていて、等級が上がるに従って料金が高くなる仕組みになっている。客は表のなかで食べたいものの名前に好きなだけ徴《しるし》をつけ、給仕がそれを受け取ると卓まで運んでくる。もっとも多くの飲茶屋では相変わらず中年女性が「シューマイ、シューマイ……」とか「チーマーピェン、チーマーピェン……」といったぐあいに声を張り上げて廻っていて、こちらが呼び止めるとただちに近づいてくる。彼女はワゴンの上に積み上げた何種類もの蒸籠のなかから、一番上のものを選んで卓に運んでくれる。そして注文表のどこかに小さな印を押してくれる。客は好きなだけ好きなものを注文し、最後にふたたび給仕を呼んで「んーごい・まいたん」と命じるだけでいい。給仕はただちに注文表にあるすべての印を点数計算し、勘定額を決めてくれる。

一九八〇年代の中ごろ、香港映画がにわかに活況を呈していることに気付いたわたしは、以後一五年ほどにわたってほとんど毎年、復活祭の期間を香港で過ごすことになった。香港国際映画祭がその間に開催されているためである。とはいえ映画祭と美食を両立させることは、いかなる食通にも出来たためしがない。映画ファンは上映から上映の間のわずかな時間の隙間を縫って、たまたま目に付いた食堂を見つけ、とりあえず胃のなかに何かを詰め込んでいくことで期間中を過ごすからである。香港の場合は例外であった。街角のいたるところに気軽に入れる粉食店や粥屋があり、飲茶屋が朝から午後まで店を開けているからだった。深夜になって最後の上映が終わり、疲れ果ててホテルに戻ろうとするわたしを待っていたのは、上海料理である。上海料理店だけはいつまでも、一番遅くまで開いていた。

わたしは旺角《モンゴク》の市場通りに面した巨大な飲茶屋に、はじめて足を踏み入れたときのことをよく憶えている。エレヴェーターで三階まで登ると、そこには体育館のように広大な空間のなかに何十もの卓が設えられていて、大勢の人々でごった返していた。わたしを目敏く見つけた給仕は手招きをすると、客たちでごった返す店内をどんどん奥の方へわたしを連れて行った。そして三人の客がすでに坐っている大きな円卓の片隅にわたしを坐らせると、わたしの周囲のテーブルクロスだけを器用な手つきで新しく取り替えてみせ、茶の希望を尋ねた。わたしが答えられないでいると、「じゃあ、ボーレイだね」といって去っていった。他の三人の客はといえば、わたしの到来にまったく無関心であり、ただ黙々と新聞を読みながらときおり思い出したように目の前の茶を啜るだけだった。おそらく彼らは毎日の習慣として、この店で朝のひと時を過ごすのだろうと、わたしは想像した。

やがて普洱茶が運ばれてきた。わたしはこのいくぶん黴臭い味のする茶を以前から気に入っていたが、北京ではプーアルと発音するこの茶が香港ではボーレイと呼ばれているという事実に驚いた。北京官話と広東語とでは、かくも発音に違いがある。それが文化の違いであることを、ほどなくわたしは実感するようになった。大勢の人々の立てるものすごい騒がしさのなかで、微動だもせず新聞に読み耽る老人たちと隣合わせになりながら、わたしは少しずつ点心を注文する方法を学んでいった。

飲茶屋には無限とまではいわないが、実に多くの点心が存在している。

まず餃子や焼売の類。これは先に名を挙げた筝尖鮮蝦餃が典型であるが、小麦粉で作った皮のなかに肉や野菜、海鮮を細かく刻んで詰め込み、油で揚げたり、蒸したりして作る。焼き豚を細かく刻んで肉饅のなかに入れて蒸した包子《パウジー》もあれば、里芋を蒸して磨り潰した粉で作った揚げ餃子もある。これは小麦粉で作った餃子よりもいくぶん重たげでねっとりとした味わいをしている。もちろん日本人にお馴染みの焼売もあって、蟹の卵を乗せたり、小海老をあしらったり、いろいろな工夫がなされている。香港の飲茶屋では一般的には小《シャオ》籠包《ロンパオ》を見かけない。これは上海料理であって広東のものではないという気持ちが、やはり働いているのだろう。

次に小食の類。ここには炒麵《ヤキソバ》から炒飯《やきめし》、叉焼《やきぶた》まで、実に広い範囲の食べものが含まれる。わたしが飲茶屋で好んで注文するのは片皮焼《ピンペイシュー》といって、豚の身を皮ごと焼き上げたものである。これは小食店の店頭や調理場のガラス窓の前に、真赤に塗られた叉焼や滷鶏肝《ロウガイゴン》（鶏のモツを滷味で煮たもの）とよくいっしょに吊るされているので、それを見つけたときにはかかさず注文することにしている。大きな包丁でチョップされ、皿のうえに行儀よく並んでいる片皮焼にむかって最初に箸をつけたときに感じる、パリパリとした豚皮の揚げぐあいと、その裏側に付着している脂身の、柔らかくねっとりとした風味の拮抗の妙は、天下にどれほど豚の料理があったとしても、その首位に近いところに位置しているのではないかと思う。ここで忘れてはならないのが、豚の余分な脂を吸い取るためにさりげなくその下に敷かれている茹でピーナッツのことで、その硬い歯ざわりが豚の身の柔らかさに対し実にいい対照をなしていることを、忘れずに書いておきたい。豚の皮があいにく切れているときには、代わりに家鴨の焼いたものを注文する。北京では器用に皮だけを剝ぎ取り、餅に包んで食べるのだが、香港では肉のついた皮を無造作にブツ切りして出してくる。これに濃厚なソースをつけて食べるときの満足感には、なかなか右に出るものがない。

だが点心はそれだけではない。脆皮芝麻堆《チョイペイチーマートイ》（胡麻を塗した揚げ団子）やら、杏仁曲奇餅《ハンヤンコッケビエン》

（アーモンドクッキー）やら、甘いお菓子の類が揚げ物と小食の後に控えている。わたしが香港に通いだした時分にはまだ豚の血のゼリーのような、往古の客家料理に由来する小皿が出ていたものだが、最近はすっかり見かけなくなってしまった。代わりにマンゴ・プディングやエッグタルトといったふうに、東南アジアやヨーロッパの料理を貪欲に取り入れて、点心は新しく変化を遂げようとしているようだ。

鴛鴦茶《インヨンチャー》という茶を知っているか。北角の飲茶屋でシュウマイを突きながら、也斯がわたしに訊ねてきた。

知らないと答えると、コーヒーと紅茶を混ぜた飲みもののことだと説明してくれた。日本人の君には信じられないかもしれないが、香港ではこれがけっこうポピュラーな飲料なのだと、彼はいう。もともとは屋外で肉体労働をしている者のために誰かが屋台で考案したものだった。それが歳月を経て、今では誰もが愛用する飲みものになってしまった。香港文化の本質とはこうしたハイブリディティにこそあるのだと、彼は言葉を重ねた。

香港が英領植民地であることをやめ、中国に返還されてからすでに短くない時間が経過した。今この食堂で働いている従業員のほとんどは、ものごころついたときから中国人としての生活しか知らない。ましてや北角が上海からの難民亡命者でごった返していた時代のことを記憶している者はいない。也斯にとってこの盛りを過ぎた下町で点心の皿を前にすることは、すでにそれ自体が記憶の確認という行為だった。わたしは何ものかがすでに死んでしまったことを知っている。しかも困ったことに、それを愛している。ロラン・バルトがみずからを指していったこの言葉を、彼は知らずと反復して体現していたのだ。

也斯は二〇一三年の初め、肺癌を患って逝去した。わたしは三年も前から彼をときおり見舞っていたが、死の直前まで大学で講義を担当していた。乞われてわたしは香港の新聞に、日本人として追悼文を執筆した。彼とわたしの間に遺されたのは『いつも香港を見つめて』という往復書簡集と数々の追憶だけである。

湯気の向うに

甲斐大策

一九九四年の元旦は、東京・町田市郊外、鶴川のアパートで猫たちと迎えていた。浅い谷をはさんで北六〇〇メートル程の丘陵にある二つの寺から、除夜の風にのって鐘の音がとどく。

猫たちに新年を迎える思いはなく、全員が常の夜と同じ表情である。代る代る寄ってきては、煮干をくれませんか、と私を見上げる。既に十八年を生きてきた老猫「北京蟲《ベイジンチョン》ヤー」だけは、神妙な眼つきをしている。彼は我家で、太監《たいかん》（宦官《かんがん》）とも呼ばれる白黒の去勢猫で、毎朝その日の新聞の社説部分に乗り、何ごとか喚く。

年越し蕎麦を手打ちしたものの、筑前風の雑煮用に準備した焼き鯊《はぜ》のだしで「かけ」にするか、東京暮しで身近かになった「ざる」にしたものか考えるうち、億劫になってしまった。生の蕎麦が乾いていく。大鍋の湯が無駄にたぎっているので火をとめに立った時、年が変った。

蒲鉾を噛《かじ》っては猫に与える。

元旦、二日、三日と朝からいく度となく風呂に入り、猫と語り合う以外何もせず五日まで過した。野菜屋で求めた七草セットを投じて粥を煮たりもするが、新春の気分は実感できない。

一月下旬から二月中旬に予定している大連、鞍山、瀋陽（旧奉天）を中心に旧満洲を歩く旅への思いだけが華やいだ心をもたらしてくれる。石炭の煤煙が漂う街にはじける爆竹の音やむせ返る火薬の臭いと共に、凍てついた路を用心深く往く、着ぶくれた人々のシルエットがよみがえってくるのだった。

一月十四日夜、衝動的に★水餃《スイジャオ》（子《ズ》）をつくろうと思った。石油ストーブを囲んで寄りそった猫たちが睡っているのを見るうち、冷たく乾燥した空気を背中に感じ、高々と湯気が立ち昇る水餃を思い浮かべてしまったのである。

小麦粉を捏《こ》ねにかかる。

数年前の二月初旬、北京市内のある家庭にお邪魔し、春節前夜の水餃つくりを見せてもらった。皮の伸ばしや包む部分だけでも参加したいと思っていたので、愛用の麺棒をポケットにしのばせていた。

胡同《フートン》（路地）奥のその家の老太太《ラオタイタイ》（大奥さん）は、淡々と粉を捏ね息ひとつ乱さず語り笑い、身体のどこにも力を見せない。その夜卓を囲むはずの人々は、私を混じえて老若十人近く、老太太が捏ねていた生地は粉の状態でも二キロ近かったように思う。小さな枕ほどもあるその生地に向かい、指先から肘近くまで骨がないかのように、しなやかな腕の動きが波打って連続する。


ベランダに出していた乾き気味の白菜をとりこみ、刻みにかかる。

対象に手ごたえがなく、力も要領も不要で、根気だけが求められる。白菜を刻んでいると、どんな阿呆にもこれだけは出来る筈、といつも思い、そして自分がえらく阿呆に思えてくる。

北京を訪れたその年の盛夏、私は黄河上流域の宿場街、中衛を訪れた。

街は黄河に沿って細長い十字形に造られていた。三十分も散歩すると縦に通り抜けてしまう。中央部、東西の街道が交叉する広場に十メートル近い高さの鼓楼があり、ほど遠くなく清朝の建造らしい五層の寺がある。

最上層からは、街道の両脇に拡がる泥色の平房子《ピンファンズ》（方形の平屋）が彼方の黄土地まで連らなっているのが見渡せた。

街が尽きるあたりに白楊（ポプラ）がいく筋にも立昇る煙のように並ぶ。その向うに黄河が光っていた。

連日河畔へ出かけ、時には対岸へも渡った。

大地と同色の黄河は、暑熱で乱白色に煮えたぎる空の下からやってきて、反対側の天と地の境へ去ってゆく。

岸近くの中空では、小魚を狙うアジサシがホバリングをくり返す。

対岸との距離が三〇〇メートル程にせばまり流れを速めている迂回部に渡船場がある。

大型トラックを二、三台は乗せる渡船が黒煙をまき散らして往復する。

渡船場へつづく白楊並木の下に小さな飯屋があった。

入口近くの践《ふ》み石に若者が腰かけ、柳材を輪切りにした俎《まないた》に山盛りの白菜を刻んでいた。続々と渡船場へ向う農事用運搬車が、荒れた泥路の凹凸に激しく上下しては真白い土煙を立てる。その中の一台が牽引している二輪の箱車に四肢を縛られ横たえられている身重《みおも》の山羊が、はらわたをひきずり出されるような声を上げた。

若者を土煙が包むが、すぐに川風が吹きはらう。

若者は空へ向けた顔をやや傾け、両手に持った二本の包丁の上げ下げで生まれるリズムに、起伏の少ない旋律をのせて唄っていた。

「シィチュエ・スュオウォ・チェスイ・チェスイ……鵲《かささぎ》がいう、刻め刻め一生刻め……ツォンシェン・チェスイ……死ぬまで刻め……ハオ・ツィ・ハオ・ツィ・スンホワタン……おいしい、おいしい、スンホワタン
松花蛋《スンホウタン》（ピータン）を、お前なんぞにやるもんか、刻み男のお前には、嫁さんなんぞやるもんか、わかってるのかい、嫁さんなんぞくるもんか……生涯独りのお前なんか、何で松花蛋が要るもんか、……ミンパイラマ……」

凝視《みつ》められていると気づき若者は口をとざした。しかし包丁の上下はそのまま、にやり

と笑った。黄色い前歯とぬれた歯ぐきが夕陽に光る。足元には、生暖かい川風に吹き寄せられた白楊の棉《わた》がからまっていた。

私がその場を去るとき若者は刻みかけの白菜の上に包丁を横たえ、足元の広口瓶を手に蓋《ふた》をとった。ほとんど色のない茶をひと口すすり、ゆっくり蓋を戻した。

二〇世紀が間もなく終る。餃を前にして大陸への想いを甦えらせる者たちは少なくなった。残る者たちも老境にある。一九三七年大連生まれの私は、餃と大陸を結びつけてしまう者たちの最も若い世代といえる。

一九世紀末の日清戦役からほぼ半世紀、旧満州、遼寧省を中心に侵略と入植を重ねていった日本列島の人間たちが、彼我に多くの生命を奪い失ない、生活と財産を破壊し破壊されて得たものとして、今日《こんにち》、巷に溢れるギョーザ以外眼にふれる存在はない。

私に棲みついた最初の餃は、鍋貼《クオディエ》(児《ル》)だった。それは六歳の頃のある夜、生まれ育った大連市南山麓の自宅に出前でやってきた。

その夜東京からの来客があり、私はいつもより早目に客間につづく部屋の寝床に入れられていた。

闇を怖がらないようにふすまが三センチばかり開けてあった。その隙間から縦一文字に入る光と共に客や父の談笑する声がきこえる。寝床を這い出した私は、光の方ににじり寄り、客間を覗いていた。

中国北部の農村の祭を巡って父が収集した何千もの泥玩《でいがん》が棚を埋めている。

その大半が搬不倒《パンブタオ》と呼ばれる大小の起きあがり小法師である。大きいものは、幼児ほどもある。どの顔も微笑していた。全ての瞳から凝視められているように感じた。

客は柳瀬正夢さんだった。

覗き見する目玉を見つけると柳瀬さんは立ち上がってきた。ふすまを開き私を抱き上げ、大人の世界へ招き入れてくれた。その時、香ばしい香りと酢の匂いが、ストーブの熱気と共に私を包みこんだ。

そこにあったのは、「柳亭」という名の小さな菜館から出前された鍋貼、つまり「焼きギョーザ」だった。

その夜口中でしゃりっとくだけた、焦げた面の歯ざわりは、五十年後の今日まで私の鍋貼観を支配している。子どもの口にも決して大き過ぎはしなかった形や口あたりの軽やかさも、美味な鍋貼の条件として植え付けられたのだった。

その二、三年後、柳瀬さんは新宿駅近くで、米軍による空襲の直撃弾を受けて亡くなった。

柳瀬さんが、創設期の日本共産党に欠かせない人物のひとりであったこと、表現派風の秀《すぐ》れた画業やドイツの画家ゲオルグ・グロッス紹介の功績を理解したのは、私が成人してからである。

昭和初期、日本でのプロレタリア・アートの旗手としての柳瀬さんは、イデオロギーの造形表現と純粋な造形とのディレンマに煩悶《はんもん》する中で、当時、大連の港湾労働者の日常を描きつづけていた父と深く交流していたのだった。

「山東（省）から来た苦力《クーリー》（当時、中国人の港湾労働者をこのように呼んだ）は身体が大きくて、威風堂々として……紺色の綿入れの上下で着ぶくれた姿に紅色の小布を結んだ頭巾をかぶり、大豆油のしぼりかすをおこす鉄棒を背負い、赤煉瓦の倉庫の脇を行列して行くのは美しいですな。あの行列は叡山の僧兵たちみたいに見えます……。」

柳瀬さんと父は、そんな会話を交わしていたような気がする。

それが敗戦の前だったか直後だったのか、私は小学生になっていた。父が深く敬愛していた伊藤武雄先生が、その日、前ぶれもなく我家に現れた。伊藤先生は、満鉄調査部を支えた大きなブレインのひとりだった。日本の敗色が濃くなった頃、伊藤先生をはじめ多くのスタッフは関東軍により逮捕投獄された。その思想と作業が利敵行為というのだった。

調査部が行なってきたアジアと中国認識のための膨大な作業と成果は、今日でも公私を問わずどんな機関の追随をも許さない。

少年時代、私にとって聖書にも等しかったアルセーニエフの『ウスリー紀行（デルスウ・ウザーラの物語として知られる）』やバイコフの『偉大なる王《ワン》（虎の物語）』など旧ロシアの紀行・踏査記録、多くの文学作品の翻訳紹介も調査部の手を経ていた。

しかし調査部の存在は、侵略企業としての満鉄と日本の植民地政策の下にあった。伊藤先生をはじめ、その思想の左傾も右傾も超えて集められた優秀なスタッフたち全員の大陸への愛情と中国文化への学術的情熱は、政府・軍部と真向から対立してゆく。（その間の事情は、草柳大蔵氏著『満鉄調査部』に詳しい。）

「足腰が元に戻らなくてね。」

釈放された後、獄中でいためた身体を海近くの自宅で休めていた先生は、リハビリの散歩だったのである。

微笑しておられたけど、眉間に深く刻まれた縦皺と濃い眉の下の鋭い眼光が私には恐ろしかった。

突然の来訪に母は急遽、水餅の残りを布巾で固め蒸して餅の体裁をととのえ、黄粉餅とした。

餅の残りものがあったのだから、季節は冬だったのかも知れない。

妙な取り合わせだった。「柳亭」から届いた鍋貼と黄粉餅を盆にのせ、私が運ぶことになった。

先生は凛と胸を張って箸をとり、ゆっくりと、黄粉餅の皿を一方の手に持った。

「いただきます。」

先生の声は怒鳴っているようで、部屋一杯にひびいた。私は怯えた。

鬼面のようだった先生の顔が急に崩れ、頬が小さく震え、両眼に涙が盛り上った。黄粉餅を口に運びながら喉の奥深く声を押し殺し、先生は嗚咽していた。

両頬をぬらしていつまでも嗚咽していた先生と父の胸中を当時の私が理解出来る筈はな

かった。

手つかずで残った鍋貼は、先生が去った後の卓上で、大皿の中に二つ重なった小さな木琴のように並んでいた。


同じ隣組に、頭髪の面倒を見てくれる上品な老婦人がいた。母と私はその人を〝原口さんのおばあちゃん〃と呼んだ。

日本敗戦の日、大連上空に無数の米軍艦載機が低空で飛来した。グラマン戦闘機だったと思う。勝利の示威飛行だったろうし、大連市近くまで来ていた旧ソ連軍や国民党政府軍に対し、またそれを追撃していた八路《パーロウ》（中国人民解放軍）に対しても、何らかの意思を示していたのかも知れない。

プロペラ音に覆われた市街のあちこちで、若い中国人たちやロシア人の娘たちは歓声をあげ、跳びはねていた。アパートの屋上や大通りで、シーツを振り両手を天に突き上げ、くるくると走り廻る者もいた。

敗戦後も原口夫人は私の頭髪を刈ってくれた。

戦時中、原口家には、友人を伴なった学生服の若者が帰ってくることがあった。当時私は、その人を〝原口さんのお兄ちゃん〟と呼んでいた。

その人は、私を認めても微笑むわけではなく無視するのでもなかった。帽子の下に眼があった、としか印象になく容貌はおぼろ気なままである。

その人が、一九四六年十月二五日、逗子の海に自ら生命を絶った原口家の末弟、統三さんだった。私が日本へ引揚げて五、六年後、高校に入る前、遺稿集『二十歳《はたち》のエチュード』に接した時、戦時にもかかわらず到達してしまっていた西欧近代の偽善への認識、純粋であることをあまりにも求める潔癖な詩人の魂に衝撃をうけた。〝原口さんのお兄ちゃん〟が、えらい速度で天空の彼方へ去った気がしたものである。

私の頭を刈り終えた原口夫人は、母と静かな時間を過していた。時にはそこにも世間話の点心として鍋貼があった。


「柳亭」の鍋貼を私は忘れない。学生時代から今日に到るまで、日本のどこで食べる鍋貼も、それは「焼きギョーザ」であって、引揚者文化が戦後の飢えの中で拡まった姿である。

明治生まれの人々には、遣唐使たちのような強靭な意志と中国への深い尊敬があった。侵略を始めた者たちもまた明治の人々だった。

理不尽と知りつつも国家の名の下に行動した人々の多くが、苦渋に満ちながら、中国とその周辺につづくアジアを識《し》ろうと情熱を燃やし続けた。その男たちは、私の中の餃に深々とかかわり続けている。

深夜、水餃は出来上った。大皿一杯に湯気がわき上がる。

猫たちは全員ストーブの周囲に戻り、寄りかかり合い、睡りこんでいる。その向うの暗がりに、幼い頃の私を見るような優しい眼差しがいくつも見えて仕方ないのだった。

★水餃（子）＝いわゆるゆでギョーザ。「子」は、我々の玉子、団子、菓子と同じく、小さく愛らしいものへの接尾語。北京を中心とする北方的表現だが、今日「普通話《プトンホウ》」として漢民族すべてに共通の標準語を目ざす中、この「子」や「児」は用いられない方向にある。本文では、「餃」「鍋貼」としている。

母の水餃子と朝鮮漬

太田和彦

私の両親は戦前外地で結婚し、終戦後日本に引揚げてきた。兄は中国・済南の病院で、私は敗戦後の北京の日本人収容所で、妹は帰国後、父の故郷信州で生まれた。

母が朝鮮で憶えた水餃子と朝鮮漬はわが家のメイン料理だった。どちらもニンニクを使い、戦後間もない信州の田舎では珍しがられ、学校教師をしていた父は、よく若い先生を家に招き水餃子をふるまった。

当時既製品の餃子の皮はなく、まず皮を打つところから支度が始まる。子供の遊びもなかった頃、私は母の手伝いをするのが好きで、小さな麵棒を転がして皮を伸ばした。その前の買物では、母から「ひき肉、合い挽きよ」と言われ「うん！」と喜んで店に走った。

肉を食べられるのは興奮すべき一大事だった。ひき肉、白菜、葱、ニラ、ニンニク…だったかを、今度は皮に包み、並べ終えるといよいよ茹でに入り、子供たちはいつになく行儀よく早々と食卓に座り、箸を持ち、いまかいまかと台所を注視した。

母が誇らしげに運んできた、湯気を上げるうっすら具の透けて見える餃子を、酢醤油で食べるおいしさ！ たまのご馳走を子供に出せる喜びが母にはあっただろう。

大学に入り東京に出て、東京では餃子を焼いて食べると知り驚いた。渋谷の「珉珉」という店だったと思う。

朝鮮漬は韓国キムチだが、母は日本流にアレンジし、色も白い。冬に入った一一月下旬頃、まず白菜を二ツ割りして数日浅漬けしておき、準備しておいた手製イカ塩辛、大根、人参、リンゴ、ニンニク、生姜、胡麻、鰹節、昆布、干しエビなどを、漬かった白菜の葉の間に丹念にはさんでゆく。大樽にいくつも重ねて漬け込み、重しをしてビニールをかけるのは重労働だ。それを日のあたらない北向きの、家で一番寒い所に置いておく。信州の冬は寒く、上がった水は夜にもちろん凍る。

二週間もすると白菜が少し黄色みをおび、味がしみわたりおいしさが出てくる。同じように作っても毎年味が違う。取り出し、〝風に当てる〟と味が変わるので、毎朝表面の氷を割って漬け汁からすくい出す。このときは手が凍る。

白いご飯にこれさえあれば、本当に何もいらない。東京の大学に入り、暮に帰省すると、すぐに出させてばりばり食べ、東京に帰る時はビニール袋に小分けして山のように持ち帰ったが、東京の暖気ですぐに味が変わった。これは寒いところでの漬物だ。

あるとき母に、どう作るとうまくなるのかと尋ねた。母は、曇って北風の吹く、今日一日は何もしたくないというような日に、家の外の北側の一番風の通る寒い所で、冷たい水仕事に手を真っ赤にさせて漬けると味が良くなると言い、一度も手伝ったことのない私は返事ができなかった。


結婚し、東京生まれの妻に水餃子を注文すると作り、「水餃子もおいしいわね」と言い、以来わが家の餃子はこれになった。信州の実家で初めて口にした朝鮮漬は、おそるおそるのようだったが、やがて熱狂的なファンになり、正月は山のように持ち帰り、酸味が増しつつも二月末まで惜しみ惜しみ食べ、「これで最後よ」が毎年決まりの台詞になった。

朝鮮漬は、信州にいる妹が結婚後、自分も食べたいと漬け始め、しだいに腕を上げ、母のものと競い合うようになった。父が「母さんが死んでもこの味は残るな」と言っていたが、その時も来た。今は正月、妹の家にもらいに行く。寒い日の重労働を知っているので毎年一〇月ごろになると、それとなく妹の機嫌をとっておく。妻は味を良くする「アミ(小エビ)の塩辛」を妹に送ってくれているようだ。ふだん何もしない私も「寒くなったね」などと電話し、「わかったわよ」と苦笑いされている。電話だけではだめだ、何かしよう。

熱々ぎょうざが飛び散った日

室井佑月

「死ねっ」

「こっちこそ、殺してやるからな！」

というような激しい親子喧嘩を息子とした後、食事の時間がやってくる。時間になれば、なんとなく台所に立ち、ご飯を作る。

母子家庭でフルタイムで働いているあたしは、時間のない中、食材を購入してくるわけで、五日間くらいすべてのメニューを緻密に決めていたりする。材料が余ったり、足りなくなったりするのは厭なのだった。

だから、激しく喧嘩していても、あらかじめ決めていた夕飯を、ふてくされながら作る。

息子と二人、気まずい沈黙の中、食事をする。

ある時、ふと思った。「殺してやる」とまでいい合った後、なぜ息子は平然と、あたしの作った料理を食べられるのだろうかと。

喧嘩した後、あたしは息子に訊ねてみた。

「あんたさ、ご飯の中に毒とか入れられているとは思わない？」

すると、息子はしばらくあたしを呆然と見つめた。

「……あんた、そんなこと考えているのかよ。俺はそんなこと、いちども考えたこともなかった」

そうなんだ。腹の中で温め十カ月、一緒に暮らし十数年。いつの間にか、そこまで信頼されていたのかと驚いた。かつて、男からそこまで信用されたことがあったっけ？　感動だ。

喧嘩するとき以外、会話らしい会話などしない親子だ。それでも、このことがあってから、あたしの作るご飯を息子が食べてくれるかぎり、あたしは親として許されている感じがする。

なので、たまにあたしが作るご飯を息子が残したりすると、心配になってくる。

「どうした？」「なにがあった？」としつこく訊ねてしまう。返ってくるのは、「うるせぇな」という可愛くない一言だ。

「うるせぇな」は答えにならない。「学校帰りに買い食いしたから」とか、「給食を何杯もおかわりしたから」とか、理由を述べよというのだ。

「食べさせてもらっているくせに、生意気なんだよっ！」とあたしが大声をあげれば、

「チッ」と舌打ちが返ってくる。さあ、ここで喧嘩勃発だ。

五年前、息子の好物のぎょうざを作った日に、派手に喧嘩した。テーブルが倒れ、鉄板がひっくり返り、熱々ぎょうざがお互いの太腿に飛び散って、火傷《やけど》した。

その時の痣《あざ》が、まだ残っている。

中学生から寮生活になり、あたしの元を離れた息子よ、あなたはまだその時の痣が残っていますか？

子どもと野毛のギョウザと動物園なのだ

今柊二

二月の寒い日曜日。最近、下の子ども（女子）とまったく遊んでいなかったので、妻がどこかに連れてけという。ひええ、最近疲れているので一日寝ていたかったんだけどな。まあ仕方がない、

それじゃ、私の大好きな冬の動物園に行くかと思い、昼前に電車に乗って桜木町までやってきた。そうです。野毛山動物園ですね。

電車を降りて桜木町駅の改札を出て右に行こうとしたら、子どもは左に行って欲しいという。少しだけＭＭ（みなとみらい）のコスモワールド（遊園地）で遊びたいそうだ。いやあ、野毛山動物園はタダなので、今日はお金がかからないと思ったが少し甘かったよう

だ（笑）。コスモワールドは、一つ一つの乗り物にお金がかかるので、「それでは乗り物二つくらいね」と絶叫系のものに二つ乗せて、ある程度満足させる。絶叫系とはジェットコースター系の乗り物です。これは大体五百〜七百円くらいだが、乗り物の種類によって子どもの身長が足りなかったり、幼かったりすると、保護者が同伴して乗らねばならない。ということで、乗り物一つは私も同伴したので、結局二千円弱の出費。仕方がないなと思いつつ、そのまま再び桜木町まで戻る。

すると今度は、「おなかがすいた」と子どもがいう。おお、これはシメたと思い、野毛の偉大な中華料理店「萬里」に連れていくことにする。

ピカピカの未来都市・みなとみらいとはまったく違う。居酒屋だらけのシブい野毛の街並みを子どもと歩き、抜群に年季の入った萬里へ。二階にのぼると結構満員だ。座敷の机が空いていたので、そこに子どもと座り、チャーシュー麺七百八十七円、餃子三百三十六円、唐揚げ（小皿五百六十七円）、ライス（値段忘れた。すみません）を注文。

ここの餃子は皮厚で実にうまい。そのため常習性が高く、時折無性に食べたくなるおいしさだ。今回も子どもに取りわけると同時に、私ももりもり食べる。ありゃりゃ。一応、子どもの好きなメユー中心にチョイスしたのだが、思ったほど食べていない。どうやらこの店のシブい雰囲気に圧倒されたようだ（笑）。我々の後ろにいた小さい子ども連れの家族はもりもり食べているんだけどね。それでもまぁ「おなかがすくから食べて」と少しは食べさせ、残りは私が食べて店を後にする。

ちなみに、子どもは帰宅後、妻に「今日はありえない店に行った」と報告していた。なんだよ、ありえない店って（笑）。まあ、普段子どもと行っているデニーズやロイヤルホストとはまったく違う店だよな。ただ、萬里のよさは時間差でわかってくるはずだ。それまでしばらく待つこととしよう。

店を出て、野毛山をのぼっていく。途中には古本エリートの店、天保堂苅部書店がある。ものすごく入りたいが、とりあえず動物園を優先することにして、日が出てうららかになってきた冬の坂道をゆっくりと歩く。ああ、なんだかポカポカしていい気持ちだ。

かくして動物園に到着。野毛山動物園は開園六十周年だそうだ。前述したように、ここは入場無料。パンダなどのものすごく派手な動物はいないけど、ライオン、虎、キリン、ペンギンなど基本動物はちゃんといるし、園内には横浜市電も保存されている。子どもと見て回ると、さすがに楽しそうだ。

なかでも子ども的によかったのは、ふれあいコーナーで小動物と遊べることだった様子。

モルモットをひざの上に乗っけて（座布団つき！）ブラッシングさせてくれるサービスがあり、子どもはシアワセでとろけそうな顔をしていた。他の女の子たちも同じだったようで、十人くらいの小学生女子が膝の上にモルモットを乗っけてブラシをかけている光景はなかなかスゴイ絵だった。

……かくして夕方が近くなったので、そろそろ帰ることにする。絶対「売店でなにか買え」というなと思ったら、やはりいった（笑）。ということで、なぜか猿のぬいぐるみを買い、野毛山を下る。

お父さんも我慢できなくなったので、やはり天保堂苅部書店にちょっと寄り、中公文庫の柳原敏雄『味をたずねて』を買ったのだった。

餃子とガーデンテーブル

鷺沢萠

近所に住んでいたアメリカ人夫妻が、仕事の都合で日本を去ることになった。ずいぶんと長い滞日生活だったので、家具などはかなりの量である。しばらく悩んでいたようだが、運送代を考えたら、特に大きな家具は持っていくより売ってしまったほうがいい、と判断したらしい。引っ越しの一週間ほど前、彼女の家では家具やもろもろの生活雑貨のガレージセールが開かれた。

「売る」といっても、「持っていくよりは売ってしまったほうがマシ」という考えが基本にあるので、すべてタダみたいな値段である。私は白いガーデンチェアーを買ったのだが、彼らが買ったときにはおそらく数万円はしたであろうそれを、五千円で譲り受ける約束を

した。

とうとう来週は出発、彼らがいなくなると寂しくなるなぁ、などと、考えていた矢先のことである。夫妻の奥さん――名前はサラという――から、助けを求める緊急電話がかかってきた。

その翌日、夫妻の家ではホームパーティーが開かれる予定であった。日本にいるあいだにお世話になった人たちをもてなすための、いわゆる「フェアウェルパーティー」だ。そんなパーティーの前夜、しかも結構遅い時刻に（午後八時くらいだったか）、切羽詰った調子の声でかかってきた電話を受けた私は、当然「何事が起きたのか」とびっくりしたが、「とにかくこちらに来てくれ」とのサラのことばを聞いて家を出た。私の家からサラの家までは、歩いて五分程度の距離だったのである。

サラの家はテレビの料理番組のスタジオみたいになっていた。

ひき肉の盛られたボウル、カットされたチーズ、大葉の束、餃子の皮などが満載されたダイニングテーブルを前に、サラはしょんぼりと坐っていた。

「ど、どうしたの……？」

唖然として訊く。事情はつまり、こういうことだった。

翌日のパーティーで、サラは来客に餃子を供そうと考えていた。ふつうの餃子だけじゃつまらないから、チーズを挟んだチーズ餃子、大葉を巻きこんだシソ餃子なんかも作っちゃおう、と、アイディアだけは膨らんでいったらしい。

餃子は以前にも作ったことがあるのだ、という。ダンナさんと自分、ふたり分の量ならば私にも作ることができたのだ、という。サラは、餃子を作るのに「器具」を用いていたのである。

この「器具」というのがちょっと説明の難しいものなのだが、形状としてはレモン絞り（とんかつ屋さんなどで見かけるもの）に似ており、「器具」の内部に皮を敷きこんだ上で具を載せ、パッタンと閉じると餃子のカタチになる、という仕組みになっている。

問題は、その「器具」を用いて餃子を作ると、ひとつの餃子を作るのにかなりの時間が必要となる、という点だった。

翌日は夫婦ふたりのディナーではない。たくさんのお客さまが来るパーティである。つまりサラには大量の餃子を作る、という使命があった。だが、いちいち「器具」をパッタンパッタンさせながら「大量」の餃子を作るのは、ほとんど不可能である。

大量の餃子の材料（皮は三百枚以上あったと思う）を目の前にし、例の「器具」を片手に泣きべそをかいているサラの姿を見て、私はつい噴き出した。

「そりゃあ、そんなものを使ってこれだけ大量の餃子を作ってたら、何時間あっても足らないよ」

助っ人が必要だと思ったので、もうひとりの日本人の女友だちに召集をかけた。別に特に餃子作りのエキスパートなわけではないが、小さなころからやり慣れている私たちにとっては「餃子の皮で具を包む」だなどということは豆のスジを剝《む》くのと同じくらい簡単なことだ。

皮の上に具を載せる。皮の端っこに水をつける。ちょっちょっちょっ、と皮をたくしこんで餃子を完成させる。

そうした作業をぺちゃくちゃ喋りながら続行し、瞬く間にどんどん餃子を作っていく私たちを見て、サラは溜息をつき、そして言った。

「I'm seeing a miracle……」

サラのその台詞《せりふ》に、アジア人の女ふたりは照れ笑いしながら「そんな、大げさな……」と言ったものだが、餃子を作って誇らしい気持ちになる、というのもめずらしい経験なのではないかと思う。

ところで五千円のガーデンチェアーだが、餃子のお礼がわりにガーデンテーブルまで付いてきた。高い餃子になったものである。

餃子

野中柊

「ダーガン」と呼ぶと、くりくりとした丸い瞳を人懐こく輝かせる。

本当の名前はリウくん。

でも、ダーガンという幼名の方がずっと似合う、少年っぽい雰囲気の彼は、イマドキのチャイニーズ・ボーイ。

長身に洗いざらしのシャツとリーヴァイスのジーンズを身につけて、バイクが大好き。可愛い女の子も好き。友人宅のパーティで知り合ったとき、

「ねえ、モテるでしょ？」と訊ねたら、

「そんなことないよ」と照れて笑っていたけれど、中国には素敵な恋人がいて、彼の帰り

を待っているらしい。

それでも、彼が中国のエリートとして日本へ来て就職して以来、三年もここで暮らしているのは、若いうちに多くを見ておきたいから、とのこと。

「日本が好き？」

「うん。とても」

そう答えたときの屈託のなさがとても可愛らしかった。

もうすぐヴィザが切れてしまうので、日本を離れる日も近いのだそうだ。

「じゃあ、中国へ帰るのね？」

すると、ダーガンは言った。

「いや。今度はイギリスで暮らしたいんだ。もっともっと世界を見ておきたいと思って」

じゃあ、あなたの恋人はどうするの？

私は、そのとき、そう言いかけて、ふと言葉を呑《の》みこんだ。

恋より大切なこと。

それってあるよね、と私も心のどこかで思っているから。でも、その一方で、そんなもの何もない、と考えもする。

結婚する前、私も恋しい彼と二年近く、アメリカと日本とで離れ離れ。ずいぶんと淋しい思いをしたものだった。

男の人にとっては、どうなのかわからない。

だけど、女の子にとっては、好きな人に会えないときは、恋が生活のすべてになっちゃうものじゃないかな？　恋より大切なことだってあるよ。そう考える心のゆとりができたのは、思えば、私の場合、彼と一緒に暮らし始めてからだった。

遠い国で、ダーガンの帰りを待っている人の淋しげなようすが目に浮かぶ。

ダーガン、あなたは淋しくないの？

結局、私は、そう問いはしなかったけれど、その後ちょくちょく彼がうちへ遊びに来るようになったことが何よりの答だったと思う。

先日は、ひとりで食べてもツマラナイから、と、うちで本場中国の餃子を作ってくれた。皮まで手作り。ボウルに小麦粉を入れ、冷水を少しずつ加えて手で捏《こ》ね、ちょっと固めに生地をまとめる。そして、その上に濡れ布巾を掛け、生地を寝かせる。

それから、別の大きなボウルに、今度は、豚挽き肉と長葱、生姜の微塵切り、醤油、サラダオイル、水を入れて、挽き肉に粘り気が出るまで箸でよく混ぜ、微塵切りの海老、韮、煎り卵、胡麻油、塩を加え、さらにぐるぐるかき混ぜる。

その後、寝かせておいた生地を棒状に長く伸ばして、マシュマロ大に手でちぎり、ローリングピンで丸くのして、餃子の皮の出来上がり。

具を包んで、フライパンにたっぷりの油と水を少々。蒸し焼きにしたら、その美味しいことに驚いた。皮が水を含んでふっくらと焼き上がり、煎り卵と海老の味が挽き肉と韮の程よい隠し味になっている。

「料理が上手だね」と褒めたら、盛んに照れてはいたけれど、彼はもともと家庭的なところもあるのだろう。

「イギリスの入国ヴィザがどうしても取れなかったから、中国に帰ることになりそう」

餃子を食べながら、そう私たちに告げたダーガンの顔が意外に晴れ晴れとしていたのも、恋人のもとに帰るのが嬉しいから……かな？

わざわざ外国まで行かなくても、恋人の腕の中にある日常という世界にも見るべきものが多いよ、と私は耳打ちしてあげた。

彼女と別れて銭湯のあと餃子

片岡義男

小田急線の下北沢から新宿へ。新宿から山手線で池袋まで。そしてそこから赤羽線という電車に乗って十条へ。いつも僕は駅の西側へ出ていた。一九六〇年代なかばのことだ。その頃から現在までのあいだに、駅前がどれだけ変化したのか、僕には見当のつけようもない。ほぼ正面に十条銀座という商店街の入口が見えていたことは確かだ。駅を出てその入口まで、自分がいつもどんな経路をたどっていたかも、僕には思い出すことが出来ない。

商店街の入口に向けて歩いていく僕から見て、入口のいちばん外の右側に、彼女はいつも立っていた。僕との待ち合わせの場所がそこだったのだが、待ち合わせの場所と言うよりも、彼女にとっての定位置がそこだった、という言いかたをいまの僕はしてみたい。ひとりで立っている彼女のすぐうしろにある建物は、木造平屋建ての小さな店で、印鑑や名刺を作る店だったように思う。十条に住んでいた大工の器量良しの娘さんであった彼女に、その店の側面は背景としてこの上なく似合っていた。

彼女はいつも右のほうに目を向けていた。僕が駅から歩いて来るのはよくわかっているのだから、駅のほうに目を向けていてもいいではないかと思うし、改札口の外にいてもよかったはずだが、彼女は常にその定位置に立ち、右のほうに目を向けていた。当時二十代なかばだった僕は、二歳だけ年下の彼女の左の横顔を見ながら、彼女に歩み寄るのが常だった。その横顔の記憶が、いまの僕にあるだろうか。

ややきつい印象をあたえる目鼻だちだったが、誰の目にも美人に見えたはずだ。ややきつい印象は、目鼻だちにとどまるものではなく、明確な意志によるクールな判断力にまで届いているもののように思えた。少なくとも僕にはそんなふうに感じられた。そしてそれは、彼女が持っていた魅力の、中心的な部分を構成していた要素のひとつだった。

土曜日の午後、雨が降らなければ、僕たちはここで会っていた。それが僕たちのデートだった、という言いかたをしてもいい。その年の六月の終わりから始まり、デートは六回まで続いた。いつも十条銀座をふたりで端から端まで歩いた。アーケードになっていたかどうか。いまよりはるかに雑然としていた、と僕は記憶している。途中に脇道が何本もあった。ひとつずつ入っては引き返し、和菓子の店や惣菜店、衣料品店などほとんど一軒ずつ、陳列してある商品を見ては感想を述べ合う、という不思議なデートだった。一度だけビリヤードに入った。彼女にとって玉突きはなんの興味も持てないものであり、そのことをいっさいフィルターにかけることなく態度に出すのは、それもまた彼女の魅力だったと言うなら、そうも言えただろう。喫茶店に入ると彼女はソーダ水を注文し、それをもの静かにストローで飲んだ。

午後の一時三十分前後に落ち合い、十条銀座を中心にくまなく歩き、二時間ほどをともに過ごした。四時過ぎには商店街のどこかでそのデートは終わりとなり、僕は駅へと戻って池袋行きの電車に乗った。彼女はそのまま自宅へと帰ったのだろう。自宅はすぐ近くだと言っていたが、どこだったか僕は知らない。自宅へはいったことがないし、その前あるいは近くを歩いたこともない。十条仲原のどこかだろう。ただし環状七号は越えなかったはずだ。二軒隣りが銭湯だと彼女は言っていた。

六回だけのデートだったが、いつも場所は十条だった。そしてデートの内容は六回ともほとんど同一だった。池袋や赤羽は嫌だと彼女は言った。新宿や渋谷はもってのほかであり、銀座や日本橋は存在しないも同然だった。小さな財布だけを彼女は持っていた。ただし服装はお出かけのものだった。夏だから半袖のシャツにスカート。あるいは、前開きのシャツ・ドレス。靴はいつもパンプスだった。身につけている服、そしてその下にある体には、清潔さを超えて彼女独特の配慮があるように思えた。常に一定の状態のなかにきれいに整えておき、その状態を崩したり変えたりはしない方針を遵守する、というような配慮だ。化粧をしない顔は、そのような彼女を象徴していた、と僕は思う。髪のまとめかたがいつもおなじだったが、そのまとめかたは彼女によく似合っていた。似合うだけではなく、簡単には真似の出来ないような風情がかもし出されていて、姿の良さが美人の目鼻だちと重なるとそれだけで充分であり、化粧など必要ないことを、彼女はよく知っていたのではなかったか。

十条の商店街を歩きながら、僕と彼女がなにを語り合ったのか、記憶はほぼ完全にない。ふたりに共通の話題はあったのだろうか。ほとんどなかったようにも思う。ふたりともおなじ世代の二十代で、おたがいに独身であり、年齢は二歳しか離れていないのだから、おたがいに無理することなく話の出来る領域はあったはずだ。黙っている時間が多かった、という記憶はない。むしろその逆だ。ふたりはいつもなにか喋っていた。ではその内容は、どんなものだったのか。

その年の夏は彼女にとっては二十三歳の夏だった。地元の商店街を僕とふたりで歩いて、彼女はなにをしたかったのか。胸の片隅にささやかに思い描いた、せつない目標があったのだろうか。いまはすっかり消え去ったけれど、当時はまだ生きていた基準によれば、彼女は結婚適齢期というものを、静かに越えていきつつあった。

高校を出て三年ほどどこかの会社に勤める。そのあいだに見初めてくれる男性がいれば、ほどなく今日の佳き日を迎えることが出来、その日からさらに三年もたてば、乳飲み子がいるかあるいはお腹で月を満たしつつあり、名実ともにうちのかみさんだ。しかしどんなかたちにせよ僕たちのあいだで結婚が話題になったことは一度もなかった。話題にはしないけれど、彼女なりにいろんな視点から、僕を観察していたのだろうか。

ふたりで脇道を歩いていて、新築のアパートの前をとおりかかったとき、こんなところに住めたらいいわね、と彼女が感嘆とともに言ったのをなぜか僕は覚えている。その頃はまだごく一般的だった木造モルタル二階建てのアパートではなく、新建材による新しさを感じさせる造りではあったけれど、基本的にはごく平凡で簡素なものであり、間取りは団地の2DKとおなじようなものだったろう。

このアパートの近くにも銭湯があった。おもての商店街から脇道に入り、百メートルほどいったところだ。煙草屋のある角を右に曲がった記憶がある。おもての商店街は現在の十条中央商店街の通りではなかったか。十条銀座に東側から入ってすぐに、右へいく道がある。この道でJRの踏切を渡ると中央商店街だ。しばらく歩くと篠原演芸場が、商店街に面して左側にある。当時からすでにあったはずだ。あったとしてもいまの建物とはまるで違っただろう。東十条駅の南側に向けて下っていく道に入る手前の交差点まで、この商店街を僕たちは何度も歩いた。畳屋の店先に立ちどまり、職人の練達した仕事ぶりを、ひとしきり眺めたことがあった。

姉と弟がひとりずついて、それに両親の五人家族だと、彼女は言っていた。姉は嫁いですぐ近くに住んでいる、ということだった。姉を観察して得たものを、自分の身に役立てるのは、妹の特権だ。譲れないものに関しては一歩も引かない。嫌なものは徹底して撥《は》ねつける、という場面を僕が具体的に目にしたことはなかったが、そのような場面の彼女はもっとも彼女らしいありかただったのではないか、と何度か僕は思った。そのような印象が、若い彼女の魅力のひとつになっていた。自分がなにを求めたり目指したりしているのか、というようなことについて、彼女はなにも語らなかった。自分にもよくつかめてはいなかったのではないか。もしそうだったとすれば、まさにそこが、僕と彼女との、おそらく唯一の接点であったはずだ。

　僕よりひとまわりほど年上の知人から、彼女を紹介された。きみはおなじような年齢の女性とつきあうべきだ、とその人に言われたような記憶もある。その人は赤羽に住んでいた。十条に住んでいる親戚にちょうどいい女性がいるから引き合わせる、と言われて赤羽の喫茶店で、ある日の夕方、待ち合わせをした。

　それ以前に、その人は、赤羽の駅のすぐ近くにあった餃子の店を僕に教えてくれた。何本も交錯する狭い路地のなかに、壁や軒を接してびっしりと建っていたさまざまな店のひとつが、その餃子の店だった。中年の夫妻が切り盛りしていて、小ぶりなぷっくりとした芳しい餃子は、その人が熱心に薦めてくれたとおり、たいへんおいしいものだった。ある時期、僕はその店に何度もかよい、常連の客となった。

　その人を交えて喫茶店で初対面の世間話をした。商業高校を出た彼女は川口にある会社で経理の仕事をしている、ということだった。広くとらえるならこれは見合いだと思うが、当時の僕にそんな意識はまったくなかった。僕は彼女に自宅の住所や電話番号を教え、彼女は会社の電話番号を教えてくれた。なぜそのことを覚えているかというと、次に会う日をきめるにあたって、僕は彼女の勤める会社に電話をしたからだ。

なんの関係もない会社に電話をかけ、つい先日初めて会ったばかりの女性へ取り次いでもらい、もしよければ近いうちにまた会いましょうというような話をし、会う約束を取りつけて日時と場所をきめていく、という一連の行為をしている自分と、その自分を客観視している自分とのあいだの、奇妙な距離はいまもくっきりと覚えている。この距離のなかに、当時の僕という二十五歳の青年は、社会への入口を見ていたのではなかったか。

十条でのデートは六回まで続いた。六度目はお盆の前だった。次の週の土曜日と日曜日はお盆で家族とともに母親の田舎へいくから、今日とおなじようにあなたと会うことは出来ない、と彼女は言った。その六回目のデートを終え、十条銀座の奥のほうで彼女と別れたとき、「もうこれで会わないようにしましょうか」と、彼女に言われたときのことを、いま僕は思い出している。過去の出来事が記憶のなかに蘇るのではなく、僕そのものとして、彼女のそのひと言はいまも僕のなかにある。向き合って立っている至近距離から、まっすぐに僕の目を見てそう言ったときの彼女は、僕が知るかぎりではもっとも美しい彼女だった。

彼女のその言葉を受けとめた僕は、相当に狼狽したはずだ。それがどのくらいまで表に

出たかどうかは、いまとなってはどうでもいい。もう会わないときめるのは、いまではなくてもいいではないか、もう少し時間の余裕を持たせてもいいではないか、というような思いが胸のなかで渦巻くのを、なにかの痛みのように自覚しながら、僕は彼女の提案を受け入れた。ではそうしよう、というようなことを、僕は彼女に答えた。

微笑している彼女は、そのとたん、僕から思いっきり遠い人となった。彼女とはどこにも接点を持てないまま、なにひとつ知らずなにも語り合えないまま、彼女はいきなり存分に遠のき、完璧な他人となった。おそらくこれで二度と会うことのない彼女に、待ってくれ、もう少しだけここにいてくれ、と叫びたい気持ちを胸のなかに感じながら、彼女が差し出した手を取って僕は握手を交わした。彼女の背後、百メートルほどのところに、銭湯の煙突が見えていた。

僕はふられたのだ。ほうり出されてひとりになってしまった。そしてその自分を、僕は受けとめなくてはいけなかった。彼女がいきなり遠い存在になったとは、そのような意味だ。僕そのものを、そのぜんたいにおいて、否応なしに、僕は引き受けなければいけなかった。もし彼女と恋人どうしのような関係になっていたら、その関係が僕を浸食してしまい、それによって彼女に預けた部分を自分のなかに持ち、したがって引き受ける自分には欠けたところのある、不充分な自分になったに違いない、といまの僕は確信を持って思う。彼女にふられた僕は、彼女から丸ごと返却されたと言っていい自分を、すべて受けとめた。受けとめながら、これが自分だよ、おまえはこういう奴だ、と僕は自分で自分に言っていた。自分の輪郭があらたにくっきりと引きなおされた気持ちで、僕はその場から歩み去る彼女のうしろ姿を眺めた。眺めれば眺めるほど、自分の輪郭が明確さを増していった。明確になりすぎることに耐えられないところまで到達して、僕は駅の方向に向けて歩き始めた。

十条銀座に戻り、駅に向けて歩きながら、銭湯に入っていくことを僕は思いついた。僕に別れを告げたとき、彼女の背後に銭湯の煙突があったではないか。あの銭湯に入っていこう。引き返しながら僕は、これもなにかの記念になるだろう、と思った。銭湯に入り、湯上がりにコーヒー牛乳を買って飲み、十条銀座を歩いて駅へ向かった。そして赤羽へいき、いつもの店でいつものとおり、餃子を二人前食べた。

自宅の二軒隣りが銭湯だ、と彼女は言っていた。彼女と別れたあとで僕が入った銭湯こそ、彼女の自宅から二軒隣りの銭湯だったのではなかったか。銭湯は確かに記憶のなかの記念品になっている。あの銭湯の煙突は、あのとき、晴れた日の青い空の下で、真夏の午後の陽ざしを浴びていた。

珉珉のギョウザ

泉麻人

時折、無性にギョウザが食べたくなって、旨い店を探すことがある。新宿西口の「老辺餃子館」、高田馬場の「ムロ」、それから家の近所の中井駅前にある「吃菜店《ちいさいみせ》」の貝柱入りのギョウザ、といったあたりが最近の贔屓だ。

しかし、〝無性にギョウザが食べたくなる頻度〟が最も高かったのは高校生の頃だ。ラーメン屋に入れば必ず、バターなりミソラーメンにギョウザを付けていたし、当時ハヤリだった〝ジャンボ・ギョウザ〟なるものにも何度かトライした憶えがある。やはり、体力、食欲、あるいは精力と相関関係のある料理、という感じがする。

ギョウザ、と言われて、ピンと浮かんだのが東横線の日吉にあった「珉珉」という店のギョウザだ。十七、八年前、慶応の日吉の付属高に通っていた時分に何度となく寄り道した店である。

　当時僕はサッカー部に所属していた。グランドは、東横線をはさんで学校とは反対側の商店街のはずれにあった。授業が終わると毎日のように約一キロ半の道程を早足で歩いて、グランドへと通う。当時の日吉は駅前の商店街をはずれると麦畑が点々と目立ちはじめる郊外の田舎町の趣があった。

　陽が落ちる頃に練習は終り、まず近くの酒屋でチェリオを一気飲みする。チェリオはグレープ味とオレンジ味の清涼飲料で、瓶の下半分が波線状のデコボコになっていた。つまり、五本の指がへこんだところにうまいことおさまるようなデザインになっている。そして、ファンタやミリンダよりもひと回り大きい三百五十mℓサイズであったことが、ハードな練習を終えたサッカー少年には魅力的であった。

　チェリオで喉を潤す、というか、ほとんど胃をガボガボにした後、駅前商店街にあった「珉珉」の暖簾をくぐる、というわけだ。カウンター十席余りの規模の店だったと思う。カウンター席の正面、つまり厨房の壁にズラリとメニューが書き並べられている。

マオタイ、なんて強い酒もおいてあって、〝二落《にらく》（二度、落第していること）のダレソレさんが珉珉でマオタイ飲んでぶっ倒れた〃等の噂も飛んでいた。飲み物で言えば、コーラなどと並んで、ファンタというのがあった。普通はこういう場合、オレンジジュースとかグレープジュースとか書くところだが、唐突にファンタ、である。で、表記の仕方が正確に言えばファンタではなく「フヮンタ」なのだ。

僕らは既にチェリオで胃がガボガボになっていたので、「フヮンタ」を注文することはなかったが、珉珉の壁の「フヮンタ」の文字は鮮烈な印象として残っている。

「チャーメン・ギョウザ付」

これが定番のメニューであった。チャーメン（炒麵）＝ヤキソバのことだが、珉珉のチャーメンは通常の中華料理店のヤキソバとは大いに異なっていた。麵は、やや平べった目の細ぶりのキシメン、といった感じのもので、ソース味ではなくゴマ油風味なのだ。ラー油で炒めていたのかも知れない。具は、青ニラが中心だった。とにかく他《よそ》の店にはない、癖になる味だった。

ギョウザは、ニラやネギ、ニンニクの微塵切りを主体にした具で、腹のあたりが薄緑色を帯びていた。もっこりとした肉《ミンチ》が詰まったギョウザに較べて食べやすかった。だからと言って、決して淡白すぎることはない。ラー油＋しょう油の付け汁で食べるとき、皮が破れてなかから具の一部が汁に浸る。この汁に浸った野菜の具の旨さと言ったら、筆舌に尽し難い。

チャーメン＋ギョウザ、まぁこれで大抵の者は腹一杯になったものだが、何せ食欲のあり余っている高校生のことだから、食い足りずに半チャーハンや、無暴にもこの上にタンメンなどを追加していた強者もいた。

珉珉で腹ごしらえした後、隣りのVAN系のメンズショップ「スタッグ」でポロシャツなどを物色し、元気のあるときは近くの雀荘へとなだれこむ。生徒係の教師の盲点とされている裏路地の雀荘を探し、店に入るや否や皆、学生服を脱ぎ捨てる。ハンガーに詰襟がかかっていればひと目で高校生と判るものだが、とりあえず制服を脱がないことには卓を囲むのも何となく気がひけたものだ。

派手な下シャツを着て「ロン！」と悦しそうに叫んだ対面《トイメン》の男の歯には、さっき食べた珉珉のギョウザの青ニラの破片がこびり付いていた。「珉珉」も、僕らが人目を気にして卓を囲んだ雀荘も、いまはその学生街にはない。

ギョーザライス関脇陥落？

椎名誠

日本を代表する料理というと、古典的には「寿司にスキヤキに天ぷら」ということになるだろうか。都市の国際ホテルにはこの三つの料理の専門店がかならずあるから、外国から来た客はそう解釈するだろう。

でも厳密には、寿司のルーツはなれずしでこれはアジアのものだし、天ぷらはポルトガルという。鋤《すき》で焼いた肉、という話が本当ならスキヤキだけが日本のものだ。

これら古典三役とは別に、誰でも好きだし、毎日のように食べている、という意味の「国民食」となるとラーメン、カレーライスは二大巨頭だろうし、スキヤキが日本のオリジナルとしたら、これらをアレンジした牛丼の、この三つが、おお堂々の国民食三役ということになるだろう。

この三つの下に準三役をあげるとしたら、ぼくは第一にギョーザライスをあげたい。これは学生時代の黄金のメニューだった。たいてい中華スープがついて出てくるから、これでめしが大盛りだったらもう文句なかった。

運動部だったので常に腹ペコでスープではなく麺の中身入りのラーメン（つまりラーメンライス、ギョーザ付き）をスーパーゴールデンストロングトリオとして常にあがめたかったが、なにしろカネがなかった。

大人になってカネが自由に使えるようになったら毎食「ギョーザライスラーメン付き」と食うのだ、ハアハア、とコーフンして東の空など見あげていたものだ。

しかし、実際に大人になると、世の中にはギョーザライスよりもっとうまいものがいっぱいあるのを知り「毎食ギョーザライス！」の純朴な夢もちょっとゆらいでしまった。

今、そのギョーザの母なる国中国ではダンボール入りや毒入りのものが登場したりして大問題になっている。

事件の主犯になっている。あおりをくらって日本のギョーザも未曾有《みぞう》の危機を迎えているといってもいいだろう。

ギョーザにあれだけお世話になり、大人になっていく大きな人生の指標とした、いわば恩師のような立場のヒトが窮地にあるのだ。

こうしてはいられない！

と、立ち上がってみたが、そのあとどうしていいかわからない。

やむなく、こういうページにギョーザについて思うところを書き、少しでもギョーザを励ましたいと思った次第である。

しかし、大人になって行動範囲が広がり、あちこちの国を旅するようになって、ギョーザライスについて我々は大きな誤解をしてきた、ということに気がついたのだった。

ギョーザは中華料理の王道のひとつをいくもので間違いはないが、我々が考えているのとその立場は微妙に違うのである。

このことに気がついたのは、上海のホテルであった。そこの高級レストランで、怒って騒いでいる日本の親父がいたのだ。

「高級レストランなのになんで焼きギョーザがないんだ！」

と、そのエラソーな日本の親父はテーブルを叩いて叫んでいたのである。やがてわかってきたのは、その親父はギョーザを頼んだのだが、水ギョーザと蒸しギョーザしか出てこない。わしは本場の高級焼きギョーザが食いたいのだ！　と怒っていたのだった。

しかし、それは親父の認識が甘いのであった。中国でのギョーザは主食のひとつで、基本は水ギョーザ、蒸しギョーザ、せいぜい揚げギョーザぐらいで、基本的に焼きギョーザはない。ギョーザをおかずにごはんという概念もない。

つくったギョーザが翌日残ってしまったときに従業員が、もったいないというので焼いて食ったのが焼きギョーザなのだ。

これは中国人にその頃聞いた話である。

つまり焼きギョーザは従業員の「まかないめし」の範疇にある。したがって上海のレストランの中国人にとってはさぞかしおかしなことを言って怒る親父だ、と思ったことだろう。

これは逆にいうと、西欧人が日本の吉兆あたりにいって、味噌汁ぶっかけめしを食わせろ。なぜここにナスの味噌汁ぶっかけめしがないんだ、店長を出せ！　と怒っているようなものだろう。

ついでながら、中国の本格料理には、日本でいうところのラーメンはない。麺料理はいっぱいあるけれどももっと冗長でぬるくてメリハリのないただもうだらしなく麺がのたくっている大鉢スープのひとつにすぎない。

だから十年ぐらい前に中国人が日本にきて、ひょいと入ってカウンターに座ると五分もしないうちにあつあつの一人前のラーメンが出てくる日本のラーメンを知って随分驚いたらしい。

我仰天熱麵塩味味噌味全部莫迦旨謝謝‼　などといって興奮し、激しくワリバシなどをふりまわしたことだろう。いま、中国に日本式ラーメン屋が流行っているのはそのためだ。しかしそれにしてもギョーザの運命はどうなるのだろうか。不安は続くが、ここに書いてるハナシも続けなければならない。

ラーメン、カレーライス、牛丼が日本の三大国民食として、その下の準三役はこのギョーザライスのほかに何が入るか。

カツ丼はどうした！

ウナ丼だって黙っていないぞ、という声があるのは当然わかっている。

そこで本誌の我が「ナマコ」としては、現在の国民食三役も含めた伝統的な日本の食い物の公式番付を以下に掲載しておきたい。

東正横綱は「カツ丼」である。風格といい全世代的な支持といいドンブリ業界の指導力といい文句のない地位であろう。

西正横綱は「天丼」である。海老反り薄衣型の土俵入りが美しい。

東西大関に「鰻丼」と「牛丼」が居すわっている。これら上位を占める「丼部屋」系は歴史と格式があるからおのずと底力がある。ラーメンが国民食として力を強めているが一対一だったら負けない。ん？

関脇にやっとカレーライスとラーメンが顔をだす。関脇の強い場所は面白いというが、今がちょうどそんな時代だろう。

ひいきのギョーザライスも関脇だが、さっきも書いたように今場所瀕死の全敗が予想され、来場所の平幕転落はまぬがれまい。ただし日本人はすぐに忘れるから復活もたやすいだろうとおおかたの評論家は見ている。

小結はハンバーガーで、この世界も外国勢の台頭が目立っている。

以下、平幕上位に細身ながら下町に人気の業師「もり蕎麦」がいる。ライバルは大器といわれながら番付を上がったり下がったりの「天ぷらうどん」が白い肌をふるわせている。この世界も目をはなせないが、目をはなしても基本はあまり変わらないだろう。ん？

ギョーザ探検隊

山口文憲

世の中には、餃子が大好きだというひとが、自民党の支持者やゴルフの愛好家と同じくらいたくさんいるので、できることなら、あまりことを荒だてたくはない。つまらないことをいって、総スカンを食うのもバカである。しかし、私は、重い社会的責任を負う言論人のひとりとして、このさいあえて勇気ある発言をしようと思う。

餃子なんて、べつにうまいものでもなんでもない。いったい、餃子のどこがどうしてうまいのか。知っているひとがいたら教えてもらいたい。あんなものをうまいうまいとむさぼり食う人間の気持ちが、私にはまるでわからないのである。

通ぶっていうわけではありませんが、中国文化圏で食べている本来の餃子なら、もちろん私だって嫌いではない。大好きだとはいわないまでも、それはそれで、おいしい食べ物だと思えるのである。しかし、日本式餃子はいけない。

　中国人が餃子といえば、これは、水餃子か蒸餃子に決まっていて、焼いてあるのはふつう、餃子とは呼ばない。日本でいう餃子には、[★1]鍋貼《クオテイエ》という字をあてて、こちらは餃子の本道からはずれたものとみなされているとも聞く。

　ある中国人は、私に、

「家庭でギョーザ焼くの、これ、前の日たくさん作ったギョーザたくさん余って、しかたないから次の日も食べるときだけね……」

　といって、日本人がわざわざカネを払って[★2]焼き餃子を食べるのを不思議がっていた。おそらく、あちらでも、さがせば焼いた餃子も売っていないことはないのだろうが、香港あたりの場合だと、鍋貼があるのは、もっぱら[★3]露店の買い食い屋台に限られている。

　そういう食い物が、いったいどういうわけで、この日本では、先着の焼売《シュウマイ》や肉饅《にくまん》をしのぐチャイニーズ・フードの王者になってしまったのだろうか。戦後になって「満州」からの引き揚げ者が持ちこんだという、このさしてうまくもない食べ物に、どうして日本人はとびついたのか。私などには、どうもわけのわからないことばかりなのである。

　そこで私は、あるとき、某チャンネルの情報バラエティー番組（の下請け制作プロです、もちろん）からレポーターの仕事が持ちこまれたのを機に、東京の「有名餃子屋」というのを、ＶＴＲカメラといっしょに、いくつも訪ね歩いてみたのだが……。やっぱり私のギモンは解けない。というか、不可解さは、ますますつのるばかりである。

　ごらんになった方などいないと思いますが、くだんの企画で私に振られた役というのが、なんと「餃子探検隊」の隊長★4（トホホ）。いずれも餃子には目がないという主婦と学生とおとーさんからなる隊員を引き連れて、きょうは上野、明日は亀戸と、うまいといわれる餃子をかたっぱしから食べて歩くという趣向である。

　しかし、この探検の成果は、まことに実り少ないものであったというほかない。そこで得られた結論は、やっぱりだめなものはだめ――。

（なんだ、コリャ？　でっかければいいってもんじゃないんだぞ！）

と、「名物・ジャンボ餃子」に腹を立てたり、

（なにっ、ひと皿二千円？　バカにすんな！）

と、ゴーカ餃子に激怒したり、さらに、

（つまんないことで得意になるなってば……）

毎度ありがとうございます

と、能書きの多いおやじにへきえきしたりで、隊長はもうボロボロである。

なかにはなるほどとうなずかせる店もないではなかったが、おしなべていえば、ひどい代物《しろもの》を食わせる店ばかり。そして、そういう店に限って、店頭にお客の長い列ができているのだから、餃子と餃子大好き人間の世界は不可解である。

★1　ただし、ふつう、ニンニクは入れない。日本の餃子には、どこでニンニクがまぎれこんだのだろうか。

★2　餃子ライスには、もっとびっくりしていた。焼いたお餅をおかずにしてごはんを食べるようなものだからだろう。

★3　したがって、うまいとかまずいとかいう対象には、はじめからならない。

★4　ヘルメットに半ズボンに双眼鏡に水筒——という探検隊ルックで歩いて下さい、といわれなかったのは不幸中の幸いだった。

与《よ》話《は》情《なさけ》浮名《うきなの》万国《ばんこく》餃子《ぎょうざ》

黒鉄ヒロシ

『餃子ライス』の存在を知ったのは、大学に入学して、一人暮らしを始めてすぐの頃だった。男は、僕と同年輩で、身分も同じく学生であるらしかった。ラーメン屋の隣のカウンター席に座っていた彼の注文を、僕は聞いて驚き、見て驚いた。

「『餃子ライス』のどこが珍しいのか、当たり前ではないか」と仰られるともはや何とも云えない。

餃子は、一品で独立したメニューである、との強い固定観念が今でも僕にはある。

ラーメンライスも右に同じ。レバニラ炒めとライスや、酢豚とライスあたりで主食と副食物の境界線がハッキリとする。

初めて、この時に「餃子とは、ナンナノダ？」と考えた。

影を消して訳の判らないポジションに座りながら正体をぼかすことに成功していた餃子にとっては、考えて貰いたくはなかったであろう。

主にラーメンやチャー飯だけでは足りない時の、前後に付け加えられる餃子。

煮るなり（水餃子《スエイ》）、焼くなり（鍋貼餃子《クオティエ》）、蒸すなり（蒸餃子《チョン》）、揚げるなり（炸盆子《ツアホウツ》）、いかようなる調理でも、と主体性が無いように見せながらも、一筋縄ではいかないしたたかさ。

おぬし、さては、忍者だな!!

ピクと餃子は身を硬くしてのけ反《ぞ》ったように見えたが、次の瞬間には、気配をヒダの中に隠し込む。流石だな。

「おぬしの、その、片方だけにビラビラを寄せた風体は、擬態の一種、いや目眩《めくらま》しの術……」

もう一枚の静寂の皮で身を包んで、餃子は聞こえない振りを決め込んでいる。

「そう云う出方をするならば、良い。一人で喋る。つまり、おぬしは飲茶の一族であろう。近い親戚に肉巻子《ハルマキ》、焼売《シユウマイ》、大包子《ニクマンジユウ》、更に系譜にワンタン一家に分かれる。フフフ、点心一族の中においても食事代わりの咸点心《シエヌ》随一の曲者！　答えずとも良い、おぬし、大蒜《ニンニク》、韮、葱などの強壮剤の細切れを、その腹の中に秘かに隠しおるは、いかなる企てあっての ことか！　さら――に！　うぬの、その色の白さよ、ウフフ、したたかなる実力を、北国の小娘の柔肌のごとき白さで包み、フフフ、こうか、ここか、これか、ウヒヒ、コリャコリャ」

餃子のヤツ、うっすらと汗ばんで来おったな。

「焼けば、さぞ旨そうなキツネの色に変身し、事実、旨いがな。煮れば、ぷっくら風呂上り。ええい、ここか、ここか、こうか、どうじゃ」

餃子、堪らず少し身悶えて横座り。

「ボリュームに比すれば、お料理も簡単。台所を預かるご婦人達にも好意的なる目で見られておるであろう。更には、キャンプ感覚、その遥か延長線上を小手を翳《かざ》して見てやれば『お遊び』なる文字が乗っかっておるではないかいな」

餃子め、居住まいを正して座り直しおったな。

「老若男女の好む所を小憎らしい程に弁《わき》まえながら、抵抗もせず、仲間打ち揃い肩を並べて焼かれ煮られておる様は、さては、さては、大事の前の辛抱大切、きっと後に続いてくれろと、今は火の中、お湯の中とな、心中察するに余り有る。お上にも情は有るぞよ」

と、ぐいと身を乗り出して中華鍋の中をば検分すれば、三列に居並ぶ餃子達の、中でもひと際大振りの、大将とめぼしき一ケ、身を起こして、呼ばわったり——。

「ヤァ、ヤァ、我こそは、点心一族にあって、昼食の代わりにもなるとその名も高き咸点《シエヌ》心の——」

それは、さっき云うたではないか。

「地球制覇！」

「ナニ？」

「形状、色彩、栄養、手間、地球上各地における材料の分布、と何れの角度からも、近き将来に、我々一族が食の中心に座るは必定、今はただ、隠忍自重の時代であれば、各自、広告宣伝にこれ務め——」

「判った、判った、それより、おぬし、おケツが焦げかかっておるではないか。皿に取るぞ、えと、数は、ヒー、フー、ミー、ヤ！　ヤ！　ナント！　47ケ」

「皆の者、いざ！　討ち入りでギョウザる」

出典・著者略歴

p.7
焼き餃子と名画座
――『焼き餃子と名画座』新潮文庫より

平松洋子（ひらまつようこ）
1958年岡山生まれ。エッセイスト。『買えない味』でBunkamuraドゥマゴ文学賞、『野蛮な読書』で講談社エッセイ賞受賞。その他おもな著作に『サンドウィッチは銀座で』『ひさしぶりの海苔弁』『本の花』対話集『食べる私』など。

p.13
スキートポーヅ
――『「懐かしの昭和」を食べ歩く』PHP研究所より

森まゆみ（もりまゆみ）
1954年東京生まれ。作家、編集者。タウン誌『谷中・根津・千駄木』の編集人として「谷根千」ブームを牽引。『鷗外の坂』で芸術選奨文部大臣新人賞、『「青鞜」の冒険』おんなが集まって雑誌をつくるということ』で紫式部文学賞受賞。

p.21
絶品！ 黒豚餃子との遭遇。
――『四時から飲み』新潮社より

林家正蔵（はやしやしょうぞう）
1962年東京生まれ。落語家。1988年真打昇進。親子三代での真打昇進は史上初。2005年九代目正蔵を襲名。平成27年度文化庁芸術祭賞優秀賞受賞。おもな著作に『高座舌鼓』など。

p.26
まずは、目で楽しんで
――『味憶めぐり　伝えたい本寸法の味』文春文庫より

山本一力（やまもといちりき）
1948年高知生まれ。小説家。『蒼龍』でオール讀物新人賞受賞。『あかね空』で直木賞受賞。その他おもな著作に『いっぽん桜』『おらんくの池』『桑港特急』『ジョン・マン』など。

p.35
ぎょうざ
――『天丼はまぐり鮨ぎょうざ　味なおすそわけ』幻戯書房より

●池部良（いけべりょう）
1918年東京生まれ。俳優、エッセイスト。「青い山脈」などの青春映画から「昭和残侠伝」シリーズなどの任侠ものまで幅広く活躍。『そよ風ときにはつむじ風』で日本文芸大賞受賞。その他おもな著作に『ハルマヘラ・メモリー』『風の食いもの』など。2010年没。

p.42
珉珉羊肉館
――『開高健が喰った!!』実業之日本社より

●菊谷匡祐（きくやきょうすけ）
1935年神奈川生まれ。文筆家、翻訳家。作家開高健氏との交流で知られる。おもな著作に『開高健のいる風景』『真説　青木功』など。2010年没。

p.46
ギョウザの味
――『狐狸庵食道楽』河出文庫より

●遠藤周作（えんどうしゅうさく）
1923年東京生まれ。小説家、評論家。『白い人』で芥川賞、『海と毒薬』で新潮社文学賞、毎日出版文化賞、『沈黙』で谷崎潤一郎賞受賞。その他おもな作品に『イエスの生涯』『男の一生』など。1996年没。

p.49
亀戸餃子、持ち帰りは10分以内で。
――『東京人』1998年7月号より

●南伸坊（みなみしんぼう）
1947年東京生まれ。イラストレーター、エッセイスト。赤瀬川原平氏に師事。雑誌『ガロ』編集長として一時代を築いた。おもな著作に『笑う写真』『本人の人々』『おじいさんになったね』など。

p.51
餃子の命は皮だから、食べ歩いて見つけましたよ、究極のおすすめ店！
――『甘露なごほうび』マガジンハウスより

●渡辺満里奈（わたなべまりな）
1970年東京生まれ。タレント。清潔感あふれるキャラクターでTV、ラジオ、CM、執筆活動など幅広く活躍。おもな著作に『これが私の十月十日　妊娠道』『はじめてのこそだて　育自道』、絵本原作にわたなべまりな名義の『ごめんね ターブゥ』など。

p.54
ごま入り皮の水餃子
——『京都の中華』京阪神エルマガジン社より

●姜尚美（かんさんみ）
1974年京都生まれ。編集者、ライター。京都在住。おもな著作に『あんこの本』。

p.60
デトロイト・メタル・餃子
——『気がつけばチェーン店ばかりでメシを食べている』交通新聞社より

●村瀬秀信（むらせひでのぶ）
1975年神奈川生まれ。エッセイスト、コラムニスト。おもな著作に『プロ野球最期の言葉』『4522敗の記憶 ホエールズ&ベイスターズ涙の球団史』など。

p.65
ああ東京は食い倒れ
——『ロッパ食談 完全版』河出文庫より

●古川緑波（ふるかわろっぱ）
1903年東京生まれ。喜劇役者、随筆家。映画雑誌編集者を経て喜劇の世界へ。エノケンと並び称される一時代を築き、舞台、ラジオ、映画、テレビとおおいに活躍した。おもな著作に『あちゃらか人生』『古川ロッパ昭和日記』など。1961年没。

p.71
ああ餃子
——『管見妄語　大いなる暗愚』新潮社より

●藤原正彦（ふじわらまさひこ）
1943年旧満州国新京生まれ。数学者、エッセイスト。『若き数学者のアメリカ』で日本エッセイスト・クラブ賞受賞。その他おもな著作に『遥かなるケンブリッジ―数学者のイギリス』『父の威厳』『国家の品格』『管見妄語　グローバル化の憂鬱』ほか。

p.74
餃子の皮
——『dancyu 復刻版　餃子万歳』プレジデント社より

●南條竹則（なんじょうたけのり）

1958年東京生まれ。英文学者、翻訳家、作家。『酒仙』で日本ファンタジーノベル大賞優秀賞受賞。その他おもな著作に『満漢全席―中華料理小説』『中華料理秘話　泥鰌地獄と龍虎鳳』『吾輩は猫画家である　ルイス・ウェイン伝』など。

p.79
餃子はごはんのかわりです！
――『中国まんぷくスクラップ』情報センター出版局より

●浜井幸子（はまいさちこ）
1966年兵庫生まれ。ライター。中国全土のみならずアジアを旅しながら執筆活動に励む。おもな著作に『台湾まんぷくスクラップブック』『シルクロード　おもしろ商人スクラップ』など。

p.83
中国イコール餃子イコール西安
――『ケンタロウの「おいしい毎日」』講談社＋α文庫より

●ケンタロウ（けんたろう）
1972年東京生まれ。料理家。料理研究家の小林カツ代を母に持ち、誰にでもつくれるしゃれっ気のあるレシピで人気を獲得。おもな著作に『ケンタロウのフライパンひとつでうれしい一週間！』『決定版 ケンタロウ絶品！おかず』『ケンタロウ1003レシピ』など。

p.92
餃子の巻
――『ショージ君の「料理大好き！」』文春文庫より

●東海林さだお（しょうじさだお）
1937年東京生まれ。漫画家、エッセイスト。『新漫画文学全集』『タンマ君』で文藝春秋漫画賞受賞。講談社エッセイ賞受賞の『ブタの丸かじり』をはじめとする「丸かじりシリーズ」が大人気。その他おもな著作・漫画作品に『アサッテ君』『さらば東京タワー』など。

p.109
『タモリ倶楽部《クラブ》』餃子新年会
――『読む餃子』新潮文庫より

●パラダイス山元（ぱらだいすやまもと）
1962年北海道生まれ。音楽家。本業のマンボミュージシャンだけでなく、公認サンタクロース、「マン盆栽」の家元、飛行機愛好家としても知られる。おもな著作に『ザ・マン盆栽』シリーズ、『パラダイス山元の飛行機のある暮らし』など。

p.120
食欲止まらぬ餃子丼
――『食あれば楽あり』日経ビジネス人文庫より

小泉武夫（こいずみたけお）
1943年福島生まれ。農学者、エッセイスト。おもな著作に人気の新聞コラムをまとめた「食あれば楽あり」シリーズのほか、『酒の話』『納豆の快楽』『くさいはうまい』『いのちをはぐくむ農と食』など。小説に『夕焼け小焼けで陽が昇る』。

p.123
ナスのギョーザ
――『男の手料理』中公文庫より

池田満寿夫（いけだますお）
1934年旧満州国生まれ。芸術家、作家。1960年代に、ニューヨーク近代美術館で個展を開催、ヴェネツイア・ビエンナーレ展版画部門で国際大賞を受賞。小説『エーゲ海に捧ぐ』で芥川賞受賞。おもな著作に『コラージュ論』『池田満寿夫全版画』など。1997年没。

p.126
春節と餃子。一年でいちばん楽しいお正月
――『東京の台所　北京の台所』岩崎書店より

ウー・ウエン（うー・うぇん）
1963年北京生まれ。料理研究家。東京と北京でクッキングサロンを主宰。おもな著作に『ウー・ウエンの北京小麦粉料理』『ウー・ウェンさんちの定番献立家庭料理が教えてくれる大切なこと』など。

p.131
父の水餃子
――『小林カツ代の「おいしい大阪」』文春文庫より

小林カツ代（こばやしかつよ）
1937年大阪生まれ。料理研究家。2014年没。つくりやすく現代的な家庭料理にこだわり生涯で200冊以上のレシピ本を上梓した。おもな著作に『小林カツ代の料理辞典―おいしい家庭料理のつくり方2448レシピ』『小林カツ代の基本のおかず―決定版』『小林カツ代のお料理入門』など。

p.136
アツアツの水餃子『初恋のきた道』
――『映画とたべもの』ぴあより

●渡辺祥子（わたなべさちこ）
1941年埼玉生まれ。映画評論家。おもな著作に『食欲的映画生活術』『〝食〟の映画術　映画の中の食べ物から見た世界』、筈見有弘氏との共著『その時、ハリウッド・スターに何が起こったのか？』など。

p.140
唾と大地と水餃子
——『唾と大地と水餃子』主婦の友社より

●難波淳（なんばじゅん）
1956年広島生まれ。ノンフィクション作家、教諭。中国への語学留学を経て山西大学の日本語教師を務める。おもな著作に『黄色い風の吹く街へ』『来て見てアジア』など。

p.144
餃子のミイラ
——『餃子のミイラ』青蛙房より

●小菅桂子（こすげけいこ）
1933年東京生まれ。食文化史研究家。おもな著作に『にっぽんラーメン物語　中華ソバはいつどこで生まれたか』『グルマン　福沢諭吉の食卓』『カレーライスの誕生』など。2005年没。

p.148
味覚の郷愁——トルクメニスタン
——『洗面器でヤギごはん』幻冬舎文庫より

●石田ゆうすけ（いしだゆうすけ）
1969年和歌山生まれ。自転車で旅するノンフィクション作家。おもな著作に『行かずに死ねるか！』『道の先まで行ってやれ！自転車で食って、笑って、涙する旅』など。

p.154
餃子世界一周旅行
——『降り積もる光の粒』文藝春秋より

●角田光代（かくたみつよ）
1967年神奈川生まれ。小説家。『まどろむ夜のＵＦＯ』で野間文芸新人賞、『空中庭園』で婦人公論文芸賞、『対岸の彼女』で直木賞、『八日目の蟬』で中央公論文芸賞受賞。その他おもな著作に『幸福な遊戯』『拳の先』など。

p.159
香港の点心
――『ひと皿の記憶―食神、世界をめぐる』ちくま文庫より

●四方田犬彦（よもたいぬひこ）
1953年大阪生まれ。比較文学者、映画史家。『映画史への招待』でサントリー学芸賞、『モロッコ流謫』で伊藤整文学賞、講談社エッセイ賞受賞。その他おもな著作に『貴種と転生』『月島物語』『漫画原論』など。

p.168
湯気の向うに
――『餃子ロード』石風社より

●甲斐大策（かいだいさく）
1937年旧満州国生まれ。画家。アフガニスタン、パキスタン、インドの風物を題材にした作品で知られる。おもな著作に『ペシャーワルの猫』『生命の風物語シルクロードをめぐる12の短篇』『聖愚者の物語』など。

p.181
母の水餃子と朝鮮漬
――『月の下のカウンター』本の雑誌社より

●太田和彦（おおたかずひこ）
1946年北京生まれ。グラフィックデザイナー、作家。おもな著作に『ニッポン居酒屋放浪記』『居酒屋百名山』『居酒屋を極める』など。

p.185
熱々ぎょうざが飛び散った日
――『朝日新聞デジタル（作家の口福）』2015年8月22日より

●室井佑月（むろいゆづき）
1970年青森生まれ。小説家、エッセイスト、コメンテーター。おもな著作に『血い花』『熱帯植物園』『Piss』『ママの神様』など。

p.188
子どもと野毛のギョウザと動物園なのだ
――『定食と古本ゴールド』本の雑誌社より

●今柊二（こんとうじ）
1967年愛媛生まれ。エッセイスト、「定食評論家」。おもな著作『定食バンザイ』『定食ニッポン』『立ちそば　春夏秋冬』など。

p.192

餃子とガーデンテーブル

――『待っていてくれる人』角川文庫より

●鷺沢萠（さぎさわめぐむ）

1968年東京生まれ。小説家。「川べりの道」で文學界新人賞、『駆ける少年』で泉鏡花文学賞受賞。その他おもな著作に『葉桜の日』『私の話』『ビューティフル・ネーム』など。2004年没。

p.197

餃子

――『食べちゃえ!食べちゃお!』幻冬舎文庫より

●野中柊（のなかひいらぎ）

1964年新潟生まれ。小説家、童話作家、エッセイスト。『ヨモギ・アイス』で海燕新人文学賞受賞。その他おもな著作に『小春日和』『きみの歌が聞きたい』『公園通りのクロエ』『波止場にて』、童話『パンダのポンポン』シリーズなど。

p.201

彼女と別れて銭湯のあと餃子

――『洋食屋から歩いて5分』東京書籍より

●片岡義男（かたおかよしお）

1940年東京生まれ。小説家、エッセイスト。『スローなブギにしてくれ』で野生時代新人文学賞受賞後、写真、評論、翻訳など幅広く活躍。その他おもな著作に『エルヴィスから始まった』『日本語の外へ』『コーヒーにドーナツ盤、黒いニットのタイ。』など。

p.212

珉珉のギョウザ

――『dancyu』1991年5月号より

●泉麻人（いずみあさと）

1956年東京生まれ。コラムニスト。おもな著作に『ナウのしくみ』『B級ニュース図鑑』『散歩のススメ』『僕とニュー・ミュージックの時代［青春のJ盤アワー］』など。

p.216

ギョーザライス関脇陥落?

――『ナマコのからえばり』集英社文庫より

●椎名誠（しいなまこと）

1944年東京生まれ。小説家、映画監督、写真家。

『犬の系譜』で吉川英治文学新人賞、『アド・バード』で日本SF大賞受賞。その他おもな著作に『岳物語』「あやしい探検隊」シリーズ、『ぼくがいま、死について思うこと』など。

p.222
ギョーザ探検隊
――『空腹の王子』新潮文庫より

●山口文憲（やまぐちふみのり）
1947年静岡生まれ。エッセイスト、ノンフィクション作家。おもな著作に『香港 旅の雑学ノート』『香港世界』『団塊ひとりぼっち』『若干ちょっと、気になるニホン語』など。

p.226
与話情浮名万国餃子
――『dancyu』1991年5月号より

●黒鉄ヒロシ（くろがねひろし）
1945年高知生まれ。マンガ家、エッセイスト。『新選組』で文藝春秋漫画賞、『坂本龍馬』で文化庁メディア芸術祭マンガ部門大賞、『赤兵衛』で小学館漫画賞審査委員特別賞受賞。その他おもな著作に『新・信長記』『刀譚剣記』など。

写真
「餃子」撮りおろし

●金子山（かねこやま）
1976年千葉生まれ。写真家。写真集に『喰寝くっちゃね』『大森靖子写真集 変態少女』『バイバイ。ありがとう』、共著に『MY BEST FRIENDS どついたるねん』など。

編集部より
本書には、今日の見地からは不適切と思われる語句や表現がありますが、作品発表時の時代背景と文学性を鑑みて、作品の形を尊重し、発表当時のまま掲載いたしました。作品世界をおたのしみいただければ幸いです。

アンソロジー　餃子

2016年4月27日　第一刷

著　　者　池田満寿夫、池部良、石田ゆうすけ、泉麻人
ウー・ウェン、遠藤周作、太田和彦、甲斐大策
角田光代、片岡義男、姜尚美、菊谷匡祐、黒鉄ヒロシ
ケンタロウ、小泉武夫、小菅桂子、小林カツ代、今柊二
鷲沢萠、椎名誠、東海林さだお、南條竹則、難波淳
野中柊、浜井幸子、林家正蔵、パラダイス山元
平松洋子、藤原正彦、古川緑波、南伸坊、村瀬秀信
室井佑月、森まゆみ、山口文憲、山本一力、四方田犬彦
渡辺祥子、渡辺満里奈　（50音順）

写　　真　金子山

編　　者　杉田淳子・武藤正人（go passion）

装　　幀　坂本陽一（mots）

発 行 者　井上 肇

編　　集　坂口亮太

発 行 所　株式会社パルコ　エンタテインメント事業部
東京都渋谷区宇田川町15-1
電話　03-3477-5755
http://www.parco-publishing.jp/

印刷・製本　三永印刷株式会社

Printed in Japan

ISBN978-4-86506-170-3 C0095

落丁本・乱丁本は購入書店を明記のうえ、小社編集部あてにお送り下さい。

送料小社負担にてお取り替えいたします。

〒150-0045 東京都渋谷区神泉町 8-16 渋谷ファーストプレイス パルコ出版 編集部

すい
ぎょうざ 450